张晓风

大家经典

重读一封前世的信

张晓风 著

山东文艺出版社

重读一封前世的信

(代序)

做编辑的,催起人来,几乎令人可以想见未来某一日死神来催命的情势。当然,往好处想,我今日既有本事死皮赖脸抵御编辑相催,他日,也许就不怎么怕死神的凌逼了。

我平日因疏懒成性,文债渐积渐多,只是,债多不愁,反正能躲则躲,能赖则赖,实在躲不掉也赖不掉的,就先应付一下。最近的债主是某报,人家要专案介绍我,不向我找资料又跟谁要资料呢?我很想哀告一声,说:

"喂,关于张晓风的资料,未必我张晓风就是权威呀!谁规定我该研究我自己?收集我自己?谁说我该提供有关张晓风的资料?我又不是给张晓风管资料的。"

如果要我在这世上找出少数几件我没什么大兴趣的事,"研究张晓风"一定会是其中的一项。想想,世上好玩的事有多么多呀!值得去留意一下的事有千桩万桩哩!譬如说:可以拿来做意大利面的特别小麦叫"杜兰小麦",只有"杜兰"可以构成那迷人的韧劲。而且,意大利文有句"阿尔甸特",意思便专指那份韧韧的嚼头。又譬如说马来人过新年的时候,晚辈跪拜父母,说"敏达玛阿夫"(Minta maaf),意思是"请饶恕我过去一年得罪你的地方"(啊,我多么希望普天下的人过新年的时候都互道这句话,它比"新年快乐"要有意思得多了)。又譬如台湾有种开在冬天的白色兰花叫"阿妈兰"(即祖母兰),开得天长地久,总也不谢,让人几乎以为它是永恒的。而开在春天的小朵紫色兰花却叫"小男孩",一副顽皮又闯荡的样子。还有初夏时节,紫霞满树,危耸耸开遍洛杉矶和南美洲的那种"美死了人不偿命"的花树有个绕口的名字叫"夹卡润达"(Gacaranta),中文有个文绉绉的翻译叫"蓝花楹"……世上"杂学"无限,叫张晓风去搬弄张晓风的资料,一方面是无趣,一方面也是胜之不武吧?

但人家在催,我也只好去找。"找自己"是件蛮累的事,而且往往并无收获。倒是有一天木匠阿陈来修衣橱,抖出一包信,我正打算拿去丢掉,不料却发现那泛黄的纸页上有一片熟悉的笔迹。凑近一看,几乎昏倒。天哪!那是朱桥的信啊!朱桥死了有三十年了吧?他曾经是多么优秀的一个编辑啊!而他是自杀死的,"自杀"在当年是个邪恶的不干净的字眼。他所服务的单位(幼狮系统)大概因而非常不以为然,所以他连身后该有的哀荣也没有捞到。丧礼上的亲属只有他的老姨妈,她用江北口音有腔有调地哭数着:

"朱家骏呀!你妈把你交给了我带来台湾呀!叫我以后回去怎么向你妈交代呀!"

过一会儿,想起来,她又补唱几句:

"你的志向高呀,平常的女孩子你都不要呀!至今还没成家呀!"

我非常惊讶,因为老姨妈似乎在用哭腔哭调告诉众亲朋好友:

"对于他的死,我是无罪的。不要以为我不照顾他,他没有成婚,他眼界高,他看上的女孩子人家看不上他,他的婚姻不是我耽误的……"

三十年后我才逐渐了解晚期的朱桥其实是在精神耗弱的状态下,产生了极度的"沮丧"。这事如果发生在今天,医生会认为这只不过是极平常的"忧郁症",每天早晨吃一颗"百忧解"也就过去了。可怜当年的朱桥虽一度皈依佛门,却仍然二度自杀,似乎下定必死的决心。

曾经,为了催稿,他在作者家中整夜苦苦守候。曾经,他自掏腰包预付某些作者的稿费。他曾经把《幼狮文艺》办得多么叫好又叫座啊!

此刻,这封三十三年前来自编者案头的信竟忽焉出现在我眼底,令我惊悚流泪。是前世的信吗?真的有点像,古人是以三十年为一世的。虽然,所谓的三十年,其实,也只像一瞬。

那时代穷,还没有发明什么用五万十万的巨额奖金去鼓励文学青年的事(文学青年一概皆靠编者的信来加以鼓励)。一九六六年,我参加了奖金千元的"学艺竞赛",并且得了奖。我当时二十五岁,翌年,我获得中山文艺奖(奖金五万元),以后又曾获得十万的或四十万的奖金——奇怪的是,我最最难忘的却是这奖额千元的奖,只因评审会中有人因我的文章而哭泣。那泪水,胜过千万金银。

台湾刚解严的那阵子,有外国电视记者来访问,他提出的问题是:

"尚未解严的时候,你的写作是不是很不自由?"

我说：

"不，我一向都是自由的，我想写什么就写什么——问题是编辑，看他敢不敢登而已。"

一九六六年，我写了《十月的哭泣》，算是当时威权能忍受的极限吧？而朱桥在《幼狮》上刊登此文，其实也冒着掼掉总编头衔的危险吧？我当时少不更事，哪里知道自己痛快驰文之际，竟会害别人要赌上自己的前程。当今之世，肯为作者而一掷前程的编者又有几人呢？

朱桥的那封信是这样写的：

晓风小姐：

我愿意向你致最大的敬意，当我读完《十月的哭泣》之后，正和你含着泪写一样，我也含着泪读。今天，我给魏子云先生看，他比我更为激动，他不竟（仅）是热泪盈眶，而且他说要找一座山痛哭一场。

尼采说："余最爱读以血泪写成的作品"，唯有以真诚的情感，才能打动人，特别是在我们今天处于这个惨痛的悲剧时代，本着这份感知，就我一个平凡的人而言，多少年的清晨与长夜，我都是为着一点爱国热忱，贡献了我能贡献的。就我编《幼狮文艺》后，虽然不如理想，但也看得出这份努力的心意。对于当前文坛上那些享受虚名与渔利之徒，时常令我齿冷，目前风气所趋，也是徒唤奈何的，因此，我对你抱着"那个题材不感动你的，而不遽尔下笔"是非常对的，希望你保持这份难得的态度。

学艺竞赛收稿已截止，就我观察而言，你的大作"获奖"是绝无问题的了。你信中说，你在情绪激动之下完成此作，有些小地方需要斟酌,我和魏子云先生研究很久,略为改动几处几个字,同时把题目拟改为《十月的阳光》。我们也知道,一字不改最好,因为你已用得很妥切了。为了免得被一些肤浅之辈断章取义,还是略加更改的为好,虽然,我们的刊物政治立场鲜明,但比任何民营报刊更不八股,别人不敢刊登的,我们反而敢刊登,我们敢刊登的别人亦未见得敢刊登,所以,改动数字几乎是必须的,尚请卓裁!

我非常快慰,能获得大作参加学艺竞赛,谢谢您给我们这篇好文章!敬祝

大安

朱桥

1966 年 10 月 17 日

以今天的标准来看,那篇文章只不过大胆真实,并没有什么忤逆之处。但是事隔几年,当齐邦媛教授和余光中教授两人要把该文选入某文选的时候,两人也彼此作壮语道:

"管他的,杀头就杀头,选是一定要选的。"

我很庆幸,齐余两人的大好头颅都安全无恙。而我,其实我并没有做什么坏事,我只不过在三十三年前的十月庆典上哭泣,当局一向要的是山呼万岁——而我却哭泣,不料竟引动众人与我一同哭泣……

啊!三十三年前,那曾是一个怎样的时代啊!

我曾于两年前为隐地的书写序,其中有段论述是这样写的:

曾经听一位老作家用十分羡慕的口吻说起现代年轻一辈的作者:

"我觉得他们真了不起,他们又聪明又有学问,又有文笔。他们以后的成就一定不得了——不像我们当年,没有科班出身,只好瞎摸!"

我反驳说:

"也不见得,这一代,他们的确比较精明干练,但要说文学上的成就,那又是另一回事了。"

"怎么说呢?"

"文学这东西,"我说,"太聪明的人根本碰不得,聪明人就会分心,就会旁骛。老一辈的作者,文学对他们而言就好像风雪暗夜荒原行路人手中所拿的那根小火炬,因为风大,你只好用手护着火苗——而护得急了,连手都差点烧烂。但你不能不好好护着它,因为在群狼当道的原野中,一旦火熄了,你就完了。那火炬成了你的唯一,你忍着手心的疼痛,抵死护好那小小的窜动的火苗。

"现在的作者不是,写作是他众多本领中的一项,他靠此吃饭,或者不靠此吃饭,他表演,他享受掌声和金钱,他游走,他回来,他在排行榜上。他翻阅这个月的新书,他的心不痛,从来不痛,因为他是个快乐的书写作业员。

"而老一辈的作者,他们手中捧着火苗前行,那火苗便是文学。那烫得人手心灼痛欲焦的文学。你忍受,只因在茫茫荒郊、漫漫长夜,风雪相侵,生死交扣的时刻,舍此之外,你一无所有。

"相较之下,今日的文学是众多消费品中的一项,是琳琅市场上和肥皂和电池和冰箱除臭剂和洋芋片和保险套一起贩售的东西。一旦退货,立刻变成纸浆。

"现代的作者也许更有才华,但文学女神要的祭品却是你的痴狂和忠贞。"

我今天重读三十三年前一个编辑、一个文学人对年轻作者的殷殷期许,内心惶愧交煎。所有的生者对死者其实都欠着一副担子,因为死者谢世之际,无形中等于说了一句:

"担子,该由你们来挑了。"

当年曾经受人祝福,受人包容,受人期许的我,此刻,总该像地心的融雪之泉,为自己流经的土地而喷珠溅玉吧?

我真的肯做一个乐人之乐、苦人之苦,因别人的伤口而流血、因远方的哭声而倾泪的人吗?手中捏着前世的信,我逼问我自己。

——原载 1999 年 7 月 18 日台湾《联副》

目 录

第一辑
替古人担忧

003	替古人担忧
007	题库中的陆游
009	不朽的失眠
	——写给没考好的考生
012	秋千上的女子
020	玉想
029	色识
041	问名
047	我想走进那则笑话里去
051	卓文君和她的一文铜钱
055	熊白，我没有吃过的美味
059	薛蟠和他的泰国料理生日宴
062	有些女孩，吟了不该吟的诗
065	炎方的救赎——读汤显祖《牡丹亭》
074	安全的冒险——谈鬼戏
077	前身
	——题梁正居的摄影

第二辑
有个叫"时间"的家伙走过

083	酿酒的理由
087	包子
090	属于一枚咸鸭蛋的单纯
092	炎凉
094	饮啄篇
103	衣履篇
113	人日
116	龙，在药店里
119	月，阙也
122	一双小鞋
124	不识
130	关于爸爸这种行业的考核制度
132	我的幽光实验

141	谁是花主？
143	有个叫"时间"的家伙走过

第三辑　会过日子的女人

147	粉红色的挑发针
149	我的脸是给妈妈 Kiss 用的
150	命甜
151	母亲·姓氏·里贯·作家
154	我渴望赢
157	无忌
159	缘豆儿
161	我喜欢
169	会过日子的女人
173	买橘子的两种方法
175	做花当做玫瑰花
179	别人的同学会
181	成圣的女子
184	等你四十五分钟
187	女人，和她指甲刀
189	一个女人的爱情观

第四辑　不知道他回去了没有

197	不知道他回去了没有
199	尘缘
210	一番
212	受降者
215	"有没有鬼让你流泪？"
218	半局
229	他们都不讲理
239	那人在看画
241	乌鲁木齐女孩
244	做虾当做大龙虾
248	为什么华语教师要遭砍头？
250	肉体有千万种受难的形态
252	路边的餐盘
254	你真好，你就像我少年伊辰
257	巷子里的老妈妈

261	未绝 ——一位作者的成长 （代后记）

第一辑

替古人担忧

替古人担忧

　　同情心,有时是不便轻易给予的,接受的人总觉得一受人同情,地位身份便立见高下,于是一笔赠金,一句宽慰的话,都必须谨慎。但对古人,便无此限,展卷之余,你尽可痛哭,而不必顾到他们的自尊心,人类最高贵的情操得以维持不坠。

　　千古文人,际遇多苦,但我却独怜蔡邕,书上说他:"少博学,好辞章……妙操音律,又善鼓琴,工书法,闲居玩古,不交当世……"后来又提到他下狱时"乞黥首刖足,续成汉史,不许。士大夫多矜救之,不能得,遂死狱中"。

　　身为一个博学的、孤绝的、"不交当世"的艺术家,其自身已经具备那么浓烈的悲剧性,及至在混乱的政局里系狱,连司马迁的幸运也没有了!甚至他自愿刺面斩足,只求完成一部汉史,也竟而被拒,想象中他满腔的悲愤直可震陨满天的星斗。可叹的不是狱中冤死的六尺之躯,是那永不为世见的焕发而饱和的文才!

　　而尤其可恨的是身后的污蔑,不知为什么,他竟成了民间戏剧中虐待赵五娘的负心郎,陆放翁的诗里曾感慨道:

斜阳古柳赵家庄,负鼓盲翁正作场。
死后是非谁管得,满村听说蔡中郎。

让自己的名字在每一条街上被盲目的江湖艺人侮辱,蔡邕死而有知,又怎能无恨!而第一个翻检历史的人,每读到这个不幸的名字,又怎能不感慨是非的颠倒无常。

李斯,这个跟秦帝国连在一起的名字,似乎也沾染着帝国的辉煌与早亡。

当他年盛时,他曾是一个多么傲视天下的人,他说:"诟莫大于卑贱,而悲莫甚于穷困,久处卑贱之位,困苦之地,非世而恶利,自托于无为,此非士之情也!"他曾多么贪爱那一点点醉人的富贵。

但在多舛的宦途上,他终于付出自己和儿子作为代价,临刑之际,他黯然地对儿子李瞻说:"吾欲与若复牵黄犬,俱出上蔡东门,逐狡兔,岂可得乎?"

幸福被彻悟时,总是太晚而不堪温习了!

那时候,他会想起少年时上蔡的春天,透明而脆薄的春天!

异于帝都的春天!他会想起他的老师荀卿,那温和的先知,那为他相秦而气愤不食的预言家,他从他那儿学了"帝王之术",却始终参不透他的"物禁太盛"的哲学。

牵着狗,带着儿子,一起去逐野兔,每一个农夫所可触及的幸福,却是秦相李斯临刑时的梦呓。

公元前二〇八年,咸阳市上有被腰斩的父子,高居过秦相,留传下那么多篇疏壮的刻石文,却不免于那样惨烈的终局!

看剧场中的悲剧是轻易的，我们可以安慰自己"那是假的"，但读史时便不知该如何安慰自己了。读史者有如屠宰业的经理人，自己虽未动手杀戮，却总是以检点流血为务。

我们只知道花蕊夫人姓徐，她的名字我们完全不晓，太美丽的女子似乎注定了只属于赏识她的人，而不属于自己。

古籍中如此形容她："拜贵妃，别号花蕊夫人，意花不足拟其色，似花蕊翾轻也，又升号慧妃，以号如其性也。"（《能改斋漫录》）

花蕊一样的女孩，怎样古典华贵的女孩，由于美丽而被豢养的女孩！

而后来，后蜀亡了，她写下那首有名的亡国诗：

君王城上竖降旗，妾在深宫哪得知？
十四万人齐解甲，宁无一个是男儿。

无一个男儿，这又奈何？孟昶非男儿，十四万的披甲者非男儿，亡国之恨只交给一个美女的泪眼，交给那柔于花蕊的心灵。

国亡赴宋，相传她曾在薛萌的驿壁上留下半首《采桑子》，那写过百首宫词的笔，最后却在仓皇的驿站上题半阕小词：

初离蜀道心将碎，离恨绵绵。春日如年，马上时时闻杜鹃……

半阕！南唐后主在城破时，颤抖的腕底也是留下半首词。半阕是人间的至痛，半阕是永劫难补的憾恨！马上闻啼鹃，其悲竟如何？那写不下去的半阕比写出的是更哀绝。

蜀山蜀水悠然而清，寂寞的驿壁在春风中穆然而立，见证着一个女子行过蜀道时凄于杜鹃鸟的悲鸣。

词中的《何满子》，据说是沧州歌者临刑时欲以自赎的曲子，不获免，只徒然传下那一片哀结的心声。

《乐府杂录》中曾有一段有关这曲子的戏剧性记载：

> 灵武刺史李灵曜置酒，坐客姓骆，唱《何满子》，皆称妙绝。白秀才者曰："家有声妓，歌此曲音调不同。"召至令歌，发声清越，殆非常音，骆遽问曰："莫是宫中胡二子否？"妓熟视曰："君岂梨园骆供奉邪？"相对泣下，皆明皇时人也。

异地闻旧音，他乡遇故知，岂都是喜剧？白头宫女坐说"天宝"固然可哀，而梨园散失沦落天涯，宁不可叹？

在伟大之后，渺小是怎样地难忍，在辉煌之后，黯淡是怎样地难受，在被赏识之后，被冷落又是怎样地难耐，何况又加上那凄恻的《何满子》，白居易所说的"一曲四词歌八叠，从头便是断肠声"的《何满子》！

千载以下，谁复记忆胡二子和骆供奉的悲哀呢？人们只习惯于去追悼唐明皇和杨贵妃谁去同情那些陪衬的小人物呢？但类似的悲哀却在每一个时代演出，"天宝"总是太短，渔阳鼙鼓的余响敲碎旧梦，马嵬坡的夜雨滴断幸福，新的岁月粗糙而庸俗，却以无比的强悍逼人低头。玄宗把自己交给游仙的方士，胡二子和骆供奉却只能把自己交给比永恒还长的流浪的命运。

灯下读别人的颠沛流离，我不知该为撰曲的沧州歌者悲，还是该为唱曲的胡二子和骆供奉悲——抑或为自己悲。

题库中的陆游

问学生陆游是谁,他们自有标准答案,那答案是:"南宋爱国诗人。"

你不能说他们错,却知道,他们也绝对不对。

好好一个陆放翁,结结棍棍地活过八十多年,在疆场披霜,在情场流泪,写下上万首的诗,小词也填得沁人肺腑。这样一个人,岂肯被你一句"南宋爱国诗人"六个字套牢。

然而这是一个粗鄙无文的时代,大多数的人急着把自己或别人归类,归了类,就做完了选择题,就可以心安了(天知道啊,至少我自己这半生就努力不让人家轻易把我给拨进某一队里去,更不要挂上某一番号)。

那人是活到七十八岁,犹然为满山梅花惊动得不安的灵魂,写下"何方可化身千亿,一树梅花一放翁"的句子。那时候,如果你问他:

"陆游,你是谁?"

他会说:

"我是想化身千万而不得的凡人,如果可能,我希望我是一万个陆游的集合体，我希望我随时可以散开，散到四山去，在每一棵老梅下放一个陆游——而每一个陆游都是梅花之美的俘虏。你问我是谁？我是花臣酒卒。"

晚年，他是行走在村头社尾的一个老头：

"儿童共道先生醉，折得黄花插满头。"

此时，你如大叫一声：

"喂，老头，你是谁呀？"

他会说：

"我是那些小鬼捉弄的对象，他们很快乐，因为看到我喝醉了，便插我一头野花来害我出糗——我也很快乐，我这辈子从来不好意思自己插花戴朵。现在装装醉，装装被他们陷害，体会一下满头插花的快乐——哈，我是谁？我是一个老骗子呢！"

世上总没有一生八十年，一年三百六十五天，一天二十四小时的"爱国诗人"。陆游只是写他的诗，只是记录他的心情，至于分类，陆游何尝知道自己已经贴上标签，分类归档，准备拿去题库里当一条很好的选择题。

不朽的失眠

——写给没考好的考生

他落榜了!一千二百年前。榜纸那么大那么长,然而,就是没有他的名字。啊!竟单单容不下他的名字"张继"那两个字。

考中的人,姓名一笔一画写在榜单上,天下皆知。奇怪的是,在他的感觉里,考不上,才更是天下皆知,这件事,令他羞惭沮丧。

离开京城吧!议好了价,他踏上小舟。本来预期的情节不是这样的,本来也许有插花游街、马蹄轻疾的风流,有衣锦还乡袍笏加身的荣耀。然而,寒窗十年,虽有他的悬梁刺股。琼林宴上,却并没有他的一角席次。

船行似风。

江枫如火,在岸上举着冷冷的燔焰,这天黄昏,船,来到了苏州。但,这美丽的古城,对张继而言,也无非是另一个触动愁情的地方。

如果说白天有什么该做的事,对一个读书人而言,就是读书吧!夜晚呢?夜晚该睡觉以便养足精神第二天再读。然而,今夜是一个忧伤的夜晚。今夜,在异乡,在江畔。在秋冷雁高的季节,容许一个落魄的士子放肆他的忧伤。江水,可以无限度地收纳古往今来一切不顺遂之人的泪水。

这样的夜晚,残酷地坐着,亲自听自己的心正被什么东西啮食而一分一分消失的声音。并且眼睁睁地看自己的生命如劲风中的残灯,所有的力气都花在抗拒,油快尽了,微火每一刹那都可能熄灭。然而,可恨的是,终其一生,它都不曾华美灿烂过啊!

江水睡了,船睡了,船家睡了,岸上的人也睡了。唯有他,张继,醒着,夜愈深,愈清醒,清醒如败叶落余的枯树,似梁燕飞去的空巢。

起先,是睡眠排拒了他。(也罢,这半生,不是处处都遭排拒吗?)而后,是他在赌气,好,无眠就无眠,长夜独醒,就干脆彻底来为自己验伤,有何不可?

月亮西斜了,一副意兴阑珊的样子。有鸟啼,粗嘎嘶哑,是乌鸦。那月亮被他一声声叫得更黯淡了。江岸上,想已霜结千草。夜空里,星子亦如清霜,一粒粒冷绝凄绝。

在须角在眉梢,他感觉,似乎也森然生凉,那阴阴不怀好意的凉气啊,正等待凝成早秋的霜花,来贴缀他惨淡少年的容颜。

江上渔火二三,他们在干什么?在捕鱼吧?或者,虾?他们也会有撒空网的时候吗?世路艰辛啊!即使潇洒的捕鱼人,也不免投身在风波里吧?

然而,能辛苦工作,也是一项幸福呢!今夜,月自光其光,霜自冷其冷,安心的人在安眠,工作的人去工作。只有我张继,是天不管地不收的一个,是既没有权利去工作,也没福气去睡眠的一个……

钟声响了,这奇怪的深夜的寒山寺钟声。一般寺庙,都是暮鼓晨钟,寒山寺却敲"夜半钟",用以警世。钟声贴着水面传来,在别人,那声音只是睡梦中模糊的衬底音乐。在他,却一记一记都撞击在心坎上,正中要害。钟声那么美丽,但钟自己到底是痛还是不痛呢?

既然无眠,他推枕而起,摸黑写下"枫桥夜泊"四字。然后,就把其余二十八个字照抄下来。我说"照抄",是因为那二十八个字在他心底已像白墙上的黑字一样分明凸显:

> 月落乌啼霜满天,
> 江枫渔火对愁眠。
> 姑苏城外寒山寺,
> 夜半钟声到客船。

感谢上苍,如果没有落第的张继,诗的历史上便少了一首好诗,我们的某一种心情,就没有人来为我们一语道跛。

一千二百年过去了,那张长长的榜单上(就是张继挤不进去的那纸金榜)曾经出现过的状元是谁?哈!谁管他是谁?真正被记得的名字是"落第者张继"。有人会记得那一届状元披红游街的盛景吗?不!我们只记得秋夜的客船上那个失意的人,以及他那场不朽的失眠。

——原载 1995 年 7 月 10 日台湾《人间副刊》

秋千上的女子

楔　子

我在备课——这样说有点吓人,仿佛有多模范似的,其实也不是,只是把秦少游的词在上课前多看两眼而已。我一向觉得少游词最适合年轻人读:淡淡的哀伤,怅怅的低喟,不需要什么理由就愁起来的愁或者未经规划便已深深堕入的情劫……

"秋千外,绿水桥平。"

啊,秋千,学生到底懂不懂什么叫秋千?他们一定自以为懂,但我知道他们不懂,要怎样才能让学生明白古代秋千的感觉。

这时候,电话响了,索稿的——紧接着,另一通电话又响了,是有关淡江大学"女性书写"研讨会的;再接着是东吴校庆筹备组规定要即交散文一篇,似乎该写点"话当年"的情节,催稿人是我的学生张曼娟,使我这犯规的老师惶惶无词……

　　然后，糟了，由于三案并发，我竟把这几件事想混了，秋千，女性主义，东吴读书，少年岁月，粘黏为一，撕扯不开……

　　汉族，是个奇怪的族类，他们不但不太擅长于唱歌或跳舞，就连玩，好像也不太会。许多游戏，都是西边或北边传来的——也真亏我们有这些邻居，我们因这些邻居而有了更丰富多样的水果、嘈杂凄切的乐器、吞剑吐火的幻术……以及哎，秋千。

　　在台湾，每个小学，都设有秋千架吧？大家小时候都玩过它吧？但诗词里"秋千"却是另外一种，它们的原籍是"山戎"，据说是齐桓公征伐山戎的时候顺便带回来的。想到齐桓公，不免精神为之一振，原来这小玩意儿来中国的时候正当先秦诸子的黄金年代。而且，说巧不巧的，正是孔老夫子的年代。孔子没提过秋千，孟子也没有。但孟子说过一句话："咱们儒家的人，才不去提他什么齐桓公晋文公之流的家伙。"

　　既然瞧不起齐桓公，大概也就瞧不起他征伐胜利后带回中土的怪物秋千了！

　　但这山戎身居何处呢？山戎在春秋时代住在河北省的东北方，现在叫做迁安县的一个地方。这地方如今当然早已是长城里面的版图了，它位在山海关和喜峰口之间，和中共高干常去避暑的北戴河同纬度。

　　而山戎又是谁呢？据说便是后来的匈奴，更后来叫胡，似乎也可以说，就是以蒙古为主的北方异族。汉人不怎么有兴趣研究胡人家世，叙事起来不免草草了事。

有机会我真想去迁安县走走，看看那秋千的发祥地是否有极高大夺目的漂亮秋千，而那里的人是否身手矫健，可以把秋千荡得特别高，特别恣纵矫健——但恐怕也未必，胡人向来绝不"安于一地"，他们想来早已离开迁安县，迁安两字顾名思义，是鼓励移民的意思，此地大概早已塞满无处不在的汉人移民。

哎，我不禁怀念古秋千的风情起来了。

《荆楚岁时记》上说："秋千，本北方山戎之戏，以习轻趫者。"（后中国女子学之，楚俗谓之施钩，《涅槃经》谓之轮索。）

《开元天宝遗事》则谓："天宝宫中，至寒食节，竞竖秋千，令宫嫔辈戏笑以为宴乐，帝呼为'半仙之戏'，都市士民因而呼之。"

《事物纪原》也引《古今艺术图》谓："北方戎狄爱习轻趫之态，每至寒食为之，后中国女子学之，乃以彩绳悬树立架，谓之秋千。"

这样看来，秋千，是季节性的游戏，在一年最美丽的季节——暮春寒食节（也就是我们的春假日）——举行。

试想在北方苦寒之地，忽有一天，春风乍至花鸟争喧，年轻的心一时如空气中的浮丝游絮飘飘扬扬，不知所止。

于是，他们想出了这种游戏，这种把自己悬吊在半空中来进行摆荡的游戏，这种游戏纯粹呼应着春天来时那种摆荡的心情。当然也许也和丛林生活的回忆有关。打秋千多少有点像泰山玩藤吧？

然而，不知为什么，事情传到中国，打秋千竟成为女子的专利。并没有哪一条法令禁止中国男子玩秋千，但在诗词中看来，打秋千的竟全是女孩。

也许因为初传来时只有宫中流行，宫中男子人人自重，所以只让宫女去玩，玩久了，这种动作竟变成是女性世界里的女性动作了。

宋明之际，礼教的势力无远弗届，汉人的女子，裹着小小的脚，蹲蹬在深深的闺阁里，似乎只有春天的秋千游戏，可以把她们荡到半空中，让她们的目光越过自家修筑的铜墙铁壁，而望向远方。

那年代男儿志在四方，他们远戍边荒，或者，至少也像司马相如，走出多山多岭的蜀郡，在通往长安的大桥桥柱上题下：

"不乘高车驷马，不复过此桥。"

然而女子，女子只有深深的闺阁，深深深深的闺阁，没有长安等着她们去功名，没有拜将台等着她们去封诰，甚至没有让严子陵归隐的"登云钓月"的钓矶等着她们去度闲散的岁月（"登云钓月"是苏东坡题在一块大石头上的字，位置在浙江富阳，近杭州，相传那里便是严子陵钓滩）。

我的学生，他们真的会懂秋千吗？他们必须先明白身为女子便等于"坐女监"，所不同的是有些监狱窄小湫隘，有些监狱华美典雅。而秋千却给了她们合法的越狱权，她们于是看到远方，也许不是太远的远方，但毕竟是狱门以外的世界。

秦少游那句"秋千外，绿水桥平"，是从一个女子眼中看春天的世界。秋千让她把自己提高了一点点，秋千荡出去，她于是看见了春水。春水明艳，如软琉璃，而且因为春冰乍融，水位也提高了，那女子看见什么？她看见了水的颜色和水的位置，原来水位已经平到桥面去了！

墙内当然也有春天，但墙外的春天却更奔腾恣纵啊！那春水,是一路要流到天涯去的水啊!

只是一瞥,另在秋千荡高去的那一刹,世界便迎面而来。也许视线只不过以二公里为半径,向四面八方扩充了一点点,然而那一点是多么令人难忘啊!人类的视野不就是那样一点点地拓宽的吗?女子在那如电光石火的刹那窥见了世界和春天。而那时候,随风鼓胀的,又岂止是她绣花的裙摆呢?

众诗人中似乎韩偓是最刻意描述美好的"秋千经验"的,他的《秋千》一诗是这样写的:

> 池塘夜歇清明雨,
> 绕院无尘近花坞。
> 五丝绳系出墙迟,
> 力尽才瞵见邻圃。
> 下来娇喘未能调,
> 斜倚朱阑久无语。
> 无语兼动所思愁,
> 转眼看天一长吐。

其中形容女子打完秋千"斜倚朱阑久无语""无语兼动所思愁"颇耐人寻味。"远方",也许是治不愈的痼疾,"远方"总是牵动"更远的远方"。诗中的女子用极大的力气把秋千荡得极高,却仅仅只见到邻家的园圃——然而,她开始无语哀伤,因为她竟因而牵动了"乡愁"——为她所不曾见过的"他乡"所兴起的乡愁。

韦庄的诗也爱提秋千,下面两句景象极华美:

紫陌乱嘶红叱拨（红叱拨是马名），
绿杨低映画秋千。（《长安清明》）
好是隔帘花树动，
女郎撩乱送秋千。（《鄜州遇寒食城外醉吟》）

第一例里短短十四字便有四个跟色彩有关的字，血色名马骄嘶而过，绿杨丛中有精工绘画的秋千……

第二例却以男子的感受为主，诗词中的男子似乎常遭秋千"骚扰"，秋千给了女子"一点点坏之必要"（这句型，当然是从痖弦诗《如歌的行板》里偷来的），荡秋千的女子常会把男子吓一跳，她是如此临风招展，却又完全"不违礼俗"。她的红裙在空中画着美丽的弧，那红色真是既奸又险，她的笑容晏晏，介乎天真和诱惑之间，她在低空处飞来飞去，令男子不知所措。

张先的词：

那堪更被明月，隔墙送过秋千影。

说的是一个被邻家女子深夜打秋千所折磨的男子。那女孩的身影被明月送过来，又收回去，再送过来，再收回去……

似乎女子每多一分自由，男子就多一分苦恼。写这种情感最有趣的应该是东坡的词：

墙里秋千墙外道。墙外行人，墙里佳人笑。笑渐不闻声渐悄，多情却被无情恼。

由于自己多情便嗔怪女子无情，其实也没什么道理。荡秋千的女子和众女伴嬉笑而去,才不管墙外有没有痴情人在痴立。

使她们愉悦的是春天,是身体在高下之间摆荡的快意,而不是男人。

韩偓的另一首诗提到的"秋千感情"又更复杂一些:

> 想得那人垂手立,
> 娇羞不肯上秋千。

似乎那女子已经看出来,在某处,也许在隔壁,也许在大路上,有一双眼睛,正定定地等着她,她于是僵在那里,甚至不肯上秋千。并不是喜欢那人,也不算讨厌那人,只是不愿让那人得逞,仿佛多称他的心似的。

众诗词中最曲折的心意,也许是吴文英的那句:

> 黄蜂频扑秋千索,有当时,纤手香凝。

由于看到秋千的丝绳上,有黄蜂飞扑,他便解释为打秋千的女子当时手上的香已在一握之间凝聚不散,害黄蜂以为那绳索是一种可供采蜜的花。

啊,那女子到哪里去了呢?在手指的香味还未消失之前,她竟已不知去向。

——啊!跟秋千有关的女子是如此挥洒自如,仿佛云中仙鹤不受网弋,又似月里桂影,不容攀折。

然而,对我这样一个成长于二十世纪中期的女子,读书和求知才是我的秋千吧?握着柔韧的丝绳,借着这短短的半径,把自己大胆的抛掷出去。于是,便看到墙外美丽的清景;也许是远岫含烟，也许是新秧翻绿，也许雕鞍上有人正起程，也许江水带来归帆……世界是如此富艳难踪，而我是那个在一瞥间得以窥伺大千的人。

"窥"字其实是个好字，孔门弟子不也以为他们只能在墙缝里偷看一眼夫子的深厚吗？是啊，是啊，人生在世，但让我得窥一角奥义，我已知足，我已知恩。

我把从《三才图会》上影印下来的秋千图戏剪贴好，准备做成投影片给学生看，但心里却一直不放心，他们真的会懂吗？真的会懂吗？曾经，在远古的年代，在初暖的熏风中，有一双足悄悄踏上板架，有一双手，怯怯地握住丝绳，有一颗心，突地向半空中荡起，荡起，随着花香，随着鸟鸣，随着迷途的蜂蝶，一起去探询春天的信息。

——原载 1999 年 6 月台湾《人间副刊》

玉 想

一、只是美丽起来的石头

一向不喜欢宝石——最近却悄悄地喜欢了玉。

宝石是西方的产物,一块钻石,割成几千几百个"割切面",光线就从那里面激射而出,挟势凌厉,美得几乎具有侵略性,使我不由得不提防起来。我知道自己无法跟它的凶悍逼人相垺,不过至少可以决定"我不喜欢它"。让它在英女王的皇冠上闪烁,让它在展览会上伴以投射灯和响尾蛇(防盗用)展出,我不喜欢,总可以吧!

玉不同,玉是温柔的,早期的字书解释玉,也只说:"玉,石之美者。"原来玉也只是石,是许多混沌的生命中忽然脱颖而出的那一点灵光。正如许多孩子在夏夜的庭院里听老人讲古,忽有一个因洪秀全的故事而兴天下之想,遂有了孙中山。所谓伟人,其实只是在游戏场中忽有所悟的那个孩子。所谓玉,只是在时间的广场上因自在玩耍竟而得道的石头。

二、克拉之外

钻石是有价的,一克拉一克拉地算,像超级市场的猪肉,一块块皆有其中规中矩秤出来的标价。

玉是无价的,根本就没有可以计值的单位。钻石像谋职,把学历经历乃至成绩单上的分数一一开列出来,以便叙位核薪。玉则像爱情,一个女子能赢得多少爱情完全视对方为她着迷的程度,其间并没有太多法则可循。以撒·辛格(诺贝尔奖得主)说:"文学像女人,别人为什么喜欢她以及为什么不喜欢她的原因,她自己也不知道。"其实,玉当然也有其客观标准,它的硬度,它的晶莹、柔润、缜密、纯全和刻工都可以讨论,只是论玉论到最后关头,竟只剩"喜欢"两字,而喜欢是无价的,你买的不是克拉的计价而是自己珍重的心情。

三、不须镶嵌

钻石不能佩戴,除非经过镶嵌,镶嵌当然也是一种艺术,而玉呢?玉也可以镶嵌,不过却不免显得"多此一举",玉是可以直接做成戒指镯子和簪笄的。至于玉坠、玉珮所需要的也只是一根丝绳的编结,用一段千回百绕的纠缠盘结来系住胸前或腰间的那一点沉实,要比金属性冷冷硬硬地镶嵌好吧?

不佩戴的玉也是好的,玉可以把玩,可以做小器具,可以做成既可卑微地去搔痒、亦可用以象征富贵吉祥的"如意",可做用以祀天的璧,亦可做示绝的玦。我想做个玉匠大概比钻石割切人兴奋快乐，玉的世界要大得多繁富得多，玉是既入于生活也出于生活的，玉是名士美人，可以相与出尘，玉亦是柴米夫妻，可以居家过日。

四、生死以之

一个人活着的时候，全世界跟他一起活——但一个人死的时候，谁来陪他一起死呢？

中古世纪有出质朴简直的古剧叫《人人》（Every Man），死神找到那位名叫人人的主角，告诉他死期已至，不能宽贷，却准他结伴同行。人人找"美貌"，"美貌"不肯跟他去，人人找"知识"，"知识"也无意到墓穴里去相陪，人人找"亲情"，"亲情"也顾他不得……

世间万物，只有人类在死亡的时候需要陪葬品吧？其原因也无非由于怕孤寂，活人殉葬太残忍，连土俑殉葬也有些居心不仁，但死亡又是如此幽阒陌生的一条路，如果待嫁的女子需要"陪嫁"，肯定是来系连她前半生的娘家岁月，则等待远行的黄泉客何尝不需要"陪葬"来凭藉来思忆世上的年华呢？

陪葬物里最缠绵的东西或许便是玉琀蝉了，蝉色半透明，比真实的蝉更薄，向例是含在死者的口中，成为最后的，一句没有声音的语言，那句话在说：

"今天，我入土，像蝉的幼虫一样，不要悲伤，这不叫死，有一天，生命会复活，会展翅，会如夏日出土的鸣蝉……"

那究竟是生者安慰死者而塞入的一句话？抑是死者安慰生者而含着的一句话？如果那是愿心，算不算狂妄的侈愿？如果那是谎言,算不算美丽的谎言?我不知道,只知道玉琀蝉那半透明的豆青或土褐色仿佛是由生入死的薄膜,又恍惚是由死返生的符信,但生生死死的事岂是我这样的凡间女子所能参破的?且在这落雨的下午俯首凝视这枚佩在自己胸前的被烈焰般的红丝线所穿结的玉琀蝉吧!

五、玉　肆

我在玉肆中走,忽然看到一块像蛀木又像土块的东西,仿佛一张枯涩凝止的悲容,我驻足良久,问道:

"这是一种什么玉?多少钱?"

"你懂不懂玉?"老板的神色间颇有一种抑制过的傲慢。

"不懂。"

"不懂就不要问!我的玉只卖懂的人。"

我应该生气应该跟他激辩一场的,但不知为什么,近年来碰到类似的场面倒宁可笑笑走开。我虽然不喜欢他的态度,但相较而言,我更不喜欢争辩,尤其痛恨学校里"奥瑞根式"(Origen-Style)的辩论比赛,一句一句逼着人追问,简直不像人类的对话,嚣张狂肆到极点。

不懂玉就不该买不该问吗?世间识货的又有几人?孔子一生,也没把自己那块美玉成功地推销出去。《水浒传》里的阮小七说:"一腔热血,只要卖与识货的!"但谁又是热血的识货买主?连圣贤的光焰,好汉的热血也都难以倾销,几块玉又算什么?不懂玉就不准买玉,不懂人生的人岂不没有权利活下去了?

当然,玉肆老板大约也不是什么坏人,只是一个除了玉的知识找不出其他可以自豪之处的人吧?

然而,这件事真的很遗憾吗?也不尽然,如果那天我碰到的是个善良的老板,他可能会为我详细解说,我可能心念一动便买下那块玉,只是,果真如此又如何呢?它会成为我的小古玩。但此刻,它是我的一点憾意,一段未圆的梦,一份既未开始当然也就不致结束的情缘。

隔着这许多年如果今天那玉肆的老板再问我一次是否识玉,我想我仍会回答不懂,懂太难,能疼惜保重也就够了。何况能懂就能爱吗?在竞选中互相中伤的政敌其实不是彼此十分了解吗?当然,如果情绪高昂,我也许会塞给他一张《说文解字》抄下来的纸条:

> 玉,石之美者。有五德:润泽以温,仁之方也;腮理自外,可以知中,义之方也;其声舒扬,专以远闻,智之方也;不挠而折,勇之方也;锐廉而不忮,絜之方也。

然而,对爱玉的人而言,连那一番大声镗鞳的理由也是多余的。爱玉这件事几乎可以单纯到不知不识而只是一团简简单单的欢喜。像婴儿喜欢清风拂面的感觉,是不必先研究气流风向的。

六、瑕

付钱的时候,小贩又重复了一次:

"我卖你这玛瑙,再便宜不过了。"

我笑笑,没说话,他以为我不信,又加上一句:

"真的——不过这么便宜也有个缘故,你猜为什么?"

"我知道,它有斑点。"本来不想提的,被他一逼,只好说了,免得他一直啰嗦。

"哎呀,原来你看出来了,玉石这种东西有斑点就差了,这串项链如果没有瑕疵,哇,那价钱就不得了啦!"

我取了项链,尽快走开。有些话,我只愿意在无人处小心地,断断续续地,有一搭没一搭地说给自己听:

对于这串有斑点的玛瑙,我怎么可能看不出来呢?它的斑痕如此清清楚楚。

然而买这样一串项链是出于一个女子小小的侠气吧,凭什么要说有斑点的东西不好?水晶里不是有一种叫"发晶"的种类吗?虎有纹,豹有斑,有谁嫌弃过它的皮毛不够纯色?

就算退一步说,把这斑纹算瑕疵,世间能把瑕疵如此坦然相呈的人也不多吧?凡是可以坦然相见的缺点都不该算缺点的。纯全完美的东西是神器,可供膜拜。但站在一个女人的观点来看,男人和孩子之所以可爱,正是由于他们那些一清二楚的无所掩饰的小缺点吧?就连一个人对自己本身的接纳和纵容,不也是看准了自己的种种小毛病而一笑置之吗?

所有的无瑕是一样的——因为全是百分之百的纯洁透明,但瑕疵斑点却面目各自不同。有的斑痕像鲜苔数点,有的是沙岸逶迤,有的是孤云独去,更有的是铁索横江,玩味起来,反而令人忻然心喜。想起平生好友,也是如此,如果不能知道一两件对方的糗事,不能有一两件可笑可嘲可詈可骂之事彼此打趣,友谊恐怕也会变得空洞吧?

有时独坐细味"瑕"字,也觉悠然意远,瑕字左边是玉旁,是先有玉才有瑕的啊！正如先有美人而后才有"美人痣"。先有英雄，而后有悲剧英雄的缺陷性格（tragic flew）。缺憾必须依附于完美，独存的缺憾岂有美丽可言，天残地阙，是因为天地都如此美好，才容得修地补天的改造的涂痕。一个"坏孩子"之所以可爱，不也正因为他在撒娇撒赖蛮不讲理之外有属于一个孩童近乎神明的纯洁了直吗？

瑕的右边是叚，叚有赤红色的意思，瑕的解释是"玉小赤"，我也喜欢瑕字的声音，自有一种坦然的不遮不掩的亮烈。

完美是难以冀求的，那么，在现实的人生里，请给我有瑕的真玉，而不是无瑕的伪玉。

七、惟 一

据说，世间没有两块相同的玉——我相信，雕玉的人岂肯去重复别人的创制。

所以，属于我的这一块，无论贵贱精粗都是天地间独一无二的。我因而疼爱它，珍惜这一场缘分，世上好玉万千，我却恰好遇见这块，世上爱玉人亦有万千，它却偏偏遇见我，但我们之间的聚会，也只是五十年吧？上一个佩玉的人是谁呢？有些事是既不能去想更不能嫉妒的，只能安安分分珍惜这匆匆的相属相连的岁月。

八、活

佩玉的人总相信玉是活的，他们说：
"玉要戴，戴戴就活起来了哩！"

这样的话是真的吗？抑或只是传说臆想？

我不知道自己能不能把一块玉戴活，这是需要时间才能证明的事，也许几十年的肌肤相亲，真可以使玉重新有血脉和呼吸。但如果奇迹是可祈求的，我愿意首先活过来的是我，我的清洁质地，我的致密坚实，我的莹秀温润，我的斐然纹理，我的清声远扬，如果玉可以因人的佩戴而复活，也让人因佩玉而复活吧，让每一时每一刻的我莹彩暖暖，如冬日清晨的半窗阳光。

九、石器时代的怀古

把人和玉，玉和人交织成一的神话是《红楼梦》，它也叫《石头记》，在补天的石头群里，主角是那三万六千五百零一块外多出的一块，天长日久，竟成了通灵宝玉，注定要来人间历经一场情劫。

他的对方则是那似曾相识的绛珠仙草。

那玉，是男子的象征，是对于整个石器时代的怀古。那草，是女子的表记，是对榛榛莽莽洪荒森林的思忆。

静安先生释《红楼梦》中的玉，说"玉"即"欲"，大约也不算错吧？《红楼梦》中含玉字的名字总有其不凡的主人，像宝玉、黛玉、妙玉、红玉，都各自有他们不同的人生欲求。只是那欲似乎可以解作英文里的 Want，是一种不安，一种需索，是不知所从出的缠绵，是最快乐之时的凄凉，最完满之际的缺憾，是自己也不明白所以的惴惴，是想挽住整个春光留下所有桃花的贪心，是大彻大悟与大栈恋之间的摆荡。

神话世界每是既富丽而又高寒的，所以神话人物总要找一件道具或伴当相从，设若龙不吐珠，嫦娥没有玉兔，李聃失了青牛，果老走了肯让人倒骑的驴或是麻姑少了仙桃，孙悟空缴回金箍棒，那神话人物真不知如何施展身手了——贾宝玉如果没有那块玉，也只能做美国童话《绿野仙踪》里的"无心人"奥迪斯。

"人非木石，孰能无情"，说这话的人只看到事情的表相，木石世界的深情大义又岂是我们凡人所能尽知的。

十、玉　楼

如果你想知道钻石，世上有宝石学校可读，有证书可以证明你的鉴定力。但如果你想知道玉，且安安静静地做你自己，并且从肤发的温润、关节的玲珑、眼目的澈、意志的凝聚、言笑的清朗中去认知玉吧！玉即是我，所谓文明其实亦即由石入玉的历程，亦即由血肉之躯成为"人"的史页。

道家以目为"银海"，以肩为玉楼，想来仙家玉楼连云也不及人间一肩可担道义的肩胛骨为贵吧？爱玉之极，恐怕也只是返身自重吧？

——原载 1985 年 1 月台湾《故宫文物月刊》

色　识

颜色之为物，想来应该像诗，介乎虚实之间，有无之际。世界各民族都有其"上界"与"下界"的说法，以供死者前往——独有中国的特别好辨认，所谓"上穷'碧'落下'黄'泉"。《千字文》也说"天地玄黄"，原来中国的天堂地狱或是宇宙全是有颜色的哩！中国的大地也有颜色，分五块设色，如同小孩玩的拼图版，北方黑，南方赤，西方白，东方青，中间那一块则是黄的。

有些人是色盲，有些动物是色盲，但更令人惊讶的是，据说大部分人的梦是无色的黑白片。这样看来，即使色感正常的人，每天因为睡眠也会让人生的三分之一时间失色。

中国近五百年来的画，是一场墨的胜利。其他颜色和黑一比，竟都黯然引退，好在民间的年画、刺绣和庙宇建筑仍然五光十色，相较之下，似乎有下面这一番对照：

成人的世界是素净的黯色，但孩子的衣着则不避光鲜明艳。

汉人的生活常保持渊沉的深色，苗瑶藏胞却以彩色环绕汉人提醒汉人。

平素家居度日是单色的，逢到节庆不管是元宵放灯或端午赠送香包或市井婚礼，色彩便又复活了。

庶民（又称"黔"首、"黧"民）过老态的不设色的生活，帝王将相仍有黄袍朱门紫绶金驾可以炫耀。

古文的园囿不常言色，诗词的花园里却五彩绚烂。

颜色，在中国人的世界里，其实一直以一种稀有的、矜贵的、与神秘领域暗通的方式存在。

颜色，本来理应属于美术领域，不过，在中国，它也属于文学。眼前无形无色的时候，单凭纸上几个字，也可以想见月落江湖"白"，潮来天地"青"的山川胜色。

逛故宫，除了看展出物品，也爱看标签，一个是"实"，一个是"名"，世上如果只有喝酒之实而无"女儿红"这样的酒名，日子便过得不精"彩"了。诸标签之中且又独喜与颜色有关的题名，像下面这些字眼，本身便简扼似诗：

祭红：祭红是一种沉稳的红釉色，红釉本不可多得，不知祭红一名何由而来，似乎有时也写作"积红"，给人直觉的感受不免有一种宗教性的虔诚和绝对。本来羊群中最健康的、玉中最完美的可作礼天敬天之用，祭红也该是最凝聚最纯粹最接近奉献情操的一种红，相较之下，"宝石红"一名反显得平庸，虽然宝石红也光莹秀澈，极为难得。

牙白：牙白指的是象牙白，因为不顶白反而有一种生命感，让人想到羊毛、贝壳或干净的骨骼。

甜白：不知怎么回事会找出甜白这么好的名字，几件号称甜白的器物多半都脆薄而婉腻，甜白的颜色微灰泛紫加上几分透明。像雾峰一带的好芋头，熟煮了，在热气中乍剥了皮，含粉含光,令人甜从心起,甜白两字也不知是不是这样来的。

娇黄: 娇黄其实很像杏黄,比黄瓤西瓜的黄深沉,比袈裟的黄轻俏,是中午时分对正阳光的透明黄玉,是琉璃盏中新榨的纯净橙汁,黄色能黄到这样好真叫人又惊又爱又心安。美国式的橘黄太耀眼,可以做属于海洋的游艇和救生圈的颜色,中国皇帝的龙袍黄太夸张,仿佛新富乍贵,自己一时也不知该怎么穿着,才胡乱选中的颜色,看起来不免有点舞台戏服的感觉。但娇黄是定静的沉思的,有着《大学》一书里所说的"定而后能静,静而后能安,安而后能虑,虑而后能得"的境界。有趣的是"娇"字本来不能算是称职的形容颜色的字眼——太主观,太情绪化,但及至看了"娇黄高足大",倒也立刻忍不住点头称是,承认这种黄就该叫娇黄。

茶叶末: 茶叶末其实是秋香色,也略等于英文里的酪梨色(Avocado),但情味并不相似。酪梨色是软绿中透着柔黄,如池柳初舒,茶叶末则显然忍受过搓揉和火炙,是生命在大挫伤中历练之余的幽沉芬芳,但两者又分明属于一脉家谱,互有血缘。此色如果单独存在,会显得悒闷,但由于是釉色,所以立刻又明丽生鲜起来。

鹧鸪斑: 这称谓原不足以算"纯颜色",但仔细推来,这种乳白赤褐交错的图案效果如果不用此字,真不知如何形容,鹧鸪斑三字本来很可能是鹧鸪鸟羽毛的错综效果,我自己却一厢情愿地认为那是鹧鸪鸟蛋壳的颜色。所有的鸟蛋都有极其漂亮的颜色,或红褐,或浅碧,或斑斑朱朱。鸟蛋不管隐于草茨或隐于枝柯,像未熟之前的果实,它有颜色的目的竟是求其"失色",求其"不被看见"。这种斑丽的隐身衣真是动人。

霁青、雨过天青：霁青和雨过天青不同，前者是凝冻的深蓝，后者比较有云淡天青的浅致。有趣的是从字义上看都指雨后的晴空。大约好事好物也不能好过头，朗朗青天看久了也会糊涂，以为不稀罕。必须乌云四合，铅灰一片乃至雨注如倾盆之后的青天才可喜。柴世宗御批指定"雨过天青云破处，这般颜色做将来"。口气何止像君王，更像天之骄子，如此肆无忌惮简直根本不知道世上有不可为之事，连造化之诡，天地之秘也全不瞧在眼里。不料正因为他孩子似的、贪心的、漫天开价的要求，世间竟真的有了雨过天青的颜色。

剔红：一般颜色不管红黄青白，指的全是数学上的"正号"，是在形状上面"加"上去的积极表现。剔红却特别奇怪，剔字是"负号"，指的是在层层相叠的漆色中以雕刻家的手法挖掉了红色，是"减掉"的消极手法。其实，既然剔除了只能叫剔空，它却坚持叫剔红，仿佛要求我们留意看那番疼痛的过程。站在大玻璃橱前看剔红漆盒看久了，竟也有一份悲喜交集的触动，原来人生亦如此盒，它美丽剔透，不在保留下来的这一部分，而在挖空剔除的那一部分。事情竟是这样的吗？在忍心的割舍之余，在冷情的镂空之后，生命的图案才足动人。

斗彩：斗彩的斗字也是个奇怪的副词，颜色与颜色也有可斗的吗？文字学上斗字也通于逗，逗字与斗字在釉色里面都有"打情骂俏"的成分，令人想起李贺的"石破天惊逗秋雨"，那一番逗简直是挑逗啊！把雨水从天外逗引出来，把颜色从幽冥中逗弄出来，斗彩的小器皿向例是热闹的，少不了快意的青蓝和珊瑚红，非常富民俗趣味。近人语言里每以"逗"这个动词当形容词用，如云"此人真逗"！形容词的逗有"绝妙好玩"的意思，如此说来，我也不妨说一句"斗彩真逗"！

当然，"艳色天下重"，好颜色未必皆在宫中，一般人玩玉总不免玩出一番好颜色好名目来，例如：

孩儿面（一种石灰沁过而微红的玉）

鹦哥绿（此绿是因为做了青铜器的邻居受其感染而变色的）

茄皮紫

秋葵黄

老酒黄（多温暖的联想）

虾子青（石头里面也有一种叫"虾背青"的，让人想起属于虾族的灰青色的血液和肌理）

不单玉有好颜色，石头也有，例如：

鱼脑冻：指一种青灰浅白半透明的石头，"灯光冻"则更透明。

鸡血：指浓红的石头。

艾叶绿：据说是寿山石里面最好最值钱的一种。

炼蜜丹枣：像蜜饯一样，是个甜美生津的名字，书上说"百炼之蜜，渍以丹枣，光色古黯，而神气焕发"。

桃花水：据说这种亦名桃花片的石头浸在瓷盘净水里，一汪水全成了淡淡的"竟日桃花逐水流"的幻境。如果以桃花形容石头，原也不足为奇，但加一"水"字，则迷离洸漾，硬是把人推到"两岸桃花夹古津"的粉红世界里去了。类似的浅红石头也有叫"浪滚桃花"的，听来又凄婉又响亮，叫人不知如何是好。

砚水冻：这是种不纯粹的黑，像白昼和黑夜交界处的交战和朦胧，并且这份朦胧被魔法定住，凝成水果冻似的一块，像砚池中介乎浓淡之间的水，可以写诗，可以染墨，也可以秘而不宣，留下永恒的缄默。

石头的好名字还有许多,例如"鹁鸽眼"(一切跟"眼"有关的大约都颇精粹动人,像"虎眼""猫眼")"桃晕""洗苔水""晚霞红"等。

当然,石头世界里也有不"以色事人"的,像太湖石、常山石,是以形质取胜,两相比较,像美人与名士,各有可倾倒之处。

除了玉石,骏马也有漂亮的颜色,项羽必须有英雄最相宜的黑色来配,所以"乌"骓不可少,关公有"赤"兔,刘彻有汗"血",此外"玉"骢,"华"骝,"紫"骥,无不充满色感。至于女子骑马,则另有一番清艳,"桃花马上石榴裙",啊,此马若是战马,我会因那美丽的配色竟至不战而亡。此外不骑马而骑牛的那位老聃,他的牛也有颜色,是"青"牛,老子一路行去,函谷关上只见"紫"气东来。

马之外,英雄当然还须有宝剑,宝剑也是"紫电""青霜",当然也有以"虹气"来形容剑器的,那就更见七彩缤纷了。

中国晚期小说里也流金泛彩,不可收拾,《金瓶梅》里小小几道点心,立刻让人进入"色彩情况",如:

> 揭开,都是顶皮饼、松花饼、白糖万寿糕、玫瑰搽穰卷儿。

写惠莲打秋千一段也写得好:

> 这蕙莲……也不用人推送,那秋千飞起在半天云里,然后忽地飞将下来,端的却是飞仙一般,甚可人爱。月娘看

见，对玉楼、李瓶儿说："你看媳妇子，他倒会打。"正说着，被一阵风过来，把他裙子刮起，里边露见大红潞绸裤儿，扎着脏头纱绿裤腿儿，好五色纳纱护膝，银红线带儿。玉楼指与月娘瞧。

另外一段写潘金莲装丫头的也极有趣：

却说金莲晚夕，走到镜台前，把发髻摘了，打了个盘头楂髻，把脸搽的雪白，抹的嘴唇儿鲜红，戴着两个金澄笼坠子，贴着三个面花儿，带着紫销金箍儿，寻了一套大红织金袄儿，下着翠蓝缎子裙，要妆丫头，哄月娘众人耍子。叫将李瓶儿来与他瞧，把李瓶儿笑得前仰后合。说道："姐姐，你妆扮起来，活像个丫头。我那屋里有红布手巾，替你盖着头，等我往后边去，对他们只说他爹又寻了个丫头，唬他们唬，管定就信了。"

买手帕的一段，颜色也多得惊人：

敬济道："门外手帕巷有名王家，专一发卖各色改样销金点翠手帕汗巾儿，随你要多少也有，你老人家要甚么颜色？销甚花样？早说与我，明日都替你一齐带的来了。"李瓶儿道："我要一方老黄销金点翠穿花凤的。"敬济道："六娘，老金黄销上金，不显。"李瓶儿道："你别要管我，我还要一方银红绫销江牙海水嵌八宝儿的，又是一方闪色芝麻花销金的。"敬济便道："五娘，你老人家要甚花样？"金莲："我没银子，只要两方儿勾了，要一方玉色绫锁子地儿销金的。"敬济道:"你又不是老人家,白刺刺的要他做甚么?"金莲道:"你管他怎的?戴不的,等我往后有孝戴!"敬济道:"那一方要甚颜色?"金莲道:"那一方,我要娇滴滴紫葡萄颜色四川绫汗巾儿,上销金间点翠花样锦,同心结方胜地儿,一个方胜儿里面,一对儿喜相逢,两边阑子儿都是缨络珍珠碎八宝儿。"敬济听了,说道:"耶,耶,再没了,卖瓜子儿开箱子打喷嚏,琐碎一大堆。"

看了两段如此如见其人如闻其声的描写,竟也忍不住疼惜起潘金莲来了,有表演天才,对音乐和颜色的世界极敏锐,喜欢白色和娇滴滴的葡萄紫,可怜这聪明剔透的女人,在这个世界上她除了做西门庆的第五房老婆外,可以做的事其实太多了!只可怜生错了时代!

《红楼梦》里则更是一片华彩,在"千红一窟""万艳同杯"的幻境之余,怡红公子终生和红的意象是分不开的,跟黛玉初见时,他的衣着如下:

> 头上戴着束发嵌宝紫金冠,齐眉勒着二龙戏珠金抹额;一件二色金百蝶穿花大红箭袖,束着五彩丝攒花结长穗宫绦,外罩石青起花八团倭缎排穗褂;登着青缎粉底小朝靴……

没过多久,他又换了家常衣服出来:

> 已换了冠带,头上周围一转的短发,都结成小辫,红丝结束,共攒至顶中胎发,总编一根大辫,黑亮如漆;从顶至

梢,一串四颗大珠,用金八宝坠脚;身上穿着银红撒花半旧大袄,仍旧带着"项圈""宝玉""寄名锁""护身符"等物;下面半露松绿撒花绫裤腿,锦边弹墨袜,厚底大红鞋。

宝玉由于在小说中身居要津,不免时时刻刻要为他布下多彩的戏服,时而是五色斑丽的孔雀裘,有时是生日小聚时的"大红绵纱小袄儿,下面绿绫弹墨夹裤,散着裤脚,系着一条汗巾,靠着一个各色玫瑰芍药花瓣装的玉色夹纱新枕头"。生起病来,他点的菜也是仿制的小荷花叶子、小莲蓬,图的只是那翠荷鲜碧的好颜色。此人告别的镜头是白茫茫大地上的一件猩红斗篷。就连日常保暖的一件小内衣,也是白绫子红里子上面绣起最生香活色的"鸳鸯戏水"。

和宝玉的猩红斗篷有别的是女子的石榴红裙。猩红是"动物性"的,传说红染料里要用猩猩血色来调才稳得住,真是凄伤到极点的顽劣颜色,恰适合宝玉来穿。石榴红是植物性的,香菱和袭人两个女孩在林木蓊郁的园子里,偷偷改换另一条友伴的红裙,以免自己因玩疯了而弄脏的那一条被众人发现了。整个情调读来是淡淡的植物似的悠闲和疏淡。

和宝玉同属"富贵中人"的是王熙凤,她一出场,便自不同:

> 只见一群媳妇丫鬟围拥着一个丽人从后房门进来。这个人打扮与众姑娘不同,彩绣辉煌,恍若神妃仙子:头上戴着金丝八宝攒珠髻,绾着朝阳五凤挂珠钗;项上戴着赤金盘螭璎珞圈;裙边系着豆绿宫绦,双衡比目玫瑰佩;身上穿着缕金百蝶穿花大红云缎窄裉袄,外罩五彩刻丝石青银鼠褂;下

着翡翠撒花洋绉裙。

这种明艳刚硬的古代"女强人",只主管一个小小贾府,真是白糟蹋了。《红楼梦》里的室内设计也是一流的,探春的、妙玉的、秦氏的、贾母的,各有各的格调,各有各的摆设,贾母偶然谈起窗纱的一段,令人神往半天:

> 那个纱,比你们的年纪还大呢。怪不得他认作蝉翼纱,原也有些像,不知道的,都认作蝉翼纱。正经名叫"软烟罗"……那个软烟罗只有四样颜色:一样雨过天青,一样秋香色,一样松绿的,一样就是银红的;若是做了帐子,糊了窗屉,远远的看着,就似烟雾一样,所以叫作"软烟罗"。那银红的又叫作"霞影纱"。

《红楼梦》也是一部"红"尘手记吧,大观园里春天来时,莺儿摘了柳树枝子,编成浅碧小篮,里面放上几枝新开的花……好一出色彩的演出。

和小说的设色相比,诗词里的色彩世界显然密度更大更繁复。奇怪的是大部分作者都秉承中国人对红绿两色的偏好,像李贺,最擅长安排"红""绿"这两个形容词前面的副词,像:

老红、坠红、冷红、静绿、空绿、颓绿。

真是大胆生鲜,从来在想象中不可能连接的字被他一连,也都变得妩媚合理了。

此外像李白"寒山一带伤心碧"(《菩萨蛮》),也用得古怪,世上的绿要绿成什么样子才是伤心碧呢?"一树碧无情"亦然,要绿到什么程度可算绝情绿,令人想象不尽。

杜甫"宠光蕙叶与多碧,点注桃花舒小红"(《江雨有怀郑典设》)以"多碧"对"小红"也是中国文字活泼到极处的面貌吧?

此外李商隐温飞卿都有色癖,就是一般诗人,只要拈出"雨中黄叶树""灯下白头人"的对句,也一样有迷人情致。

词人中小山词算是极爱色的,郑因百先生有专文讨论,其中如:

绿娇红小、朱弦绿酒、残绿断红、露红烟绿、遮闷绿掩羞红、晚绿寒红、君貌不长红、我鬓无重绿。

竟然活生生的将大自然中最旺盛最欢愉的颜色驯服为满目苍凉,也真是夺造化之功了。秦少游的"莺嘴啄花红溜,燕尾点波绿绉"也把颜色驱赶成一群听话的上驷,前句由于莺的多事,造成了由高枝垂直到地面的用花瓣点成的虚线,后句则缘于燕的无心,把一面池塘点化成回纹千度的绿色大唱片。另外有位无名词人的"万树绿低迷,一庭红扑簌"也令人目迷不暇。

"知否知否,应是绿肥红瘦",这李清照的颜色本身也几乎成了美人,可以在纤秾之间各如其度。

蒋捷有句谓"红了樱桃,绿了芭蕉",其中的红绿两字不单成了动词,而且简直还是进行式的,樱桃一点点加深,芭蕉一层层转碧,真是说不完的风情。

辛稼轩"唤取红巾翠袖,揾英雄泪"也在英雄事业的苍凉无奈中见婉媚。其实世上另外一种悲剧应是红巾翠袖空垂——因为找不到真英雄,而且真英雄未必肯以泪示人。

元人小令也一贯地爱颜色,白朴有句曰"黄芦岸白苹渡口,绿杨堤红蓼滩头",用色之奢侈,想来隐身在五色祥云后的神仙也要为之思凡吧？马致远也有"和露摘黄花，带霜烹紫蟹，煮酒烧红叶"的好句子，煮酒其实只用枯叶便可，不必用红叶，曲家用了，便自成情境。

世界之大，何处无色，何时无色，岂有一个民族会不懂颜色？但能待颜色如情人，相知相契之余且不嫌麻烦的，想出那么多出人意表的字眼来形容描绘它，舍中文外，恐怕不容易再找到第二种语言了吧？

——原载 1985 年 7 月台湾《故宫文物月刊》

问 名

万物之有名,恐怕是由于人类可爱的霸道。

《创世纪》里说,亚当自悠悠的泥骨土髓中乍醒过来,他的第一件"工作"竟是为万物取名。想起来都要战栗,分明上帝造了万物,而一个一个取名字的竟是亚当,那简直是参天地之化育,抬头一指,从此有个东西叫青天,低头一看,从此有个东西叫大地,一回首,夺神照眼的那东西叫树,一倾耳,树上嘤嘤千啭的那东西叫鸟……而日升月沉,许多年后,在中国,开始出现一个叫仲尼的人,他固执地要求"正名",他几乎有点迂,但他似乎预知,"自由"跟"放纵","爱情"和"色欲","人权"和"暴力"是如何相似又相反的东西,他坚持一切的祸乱源自"名实不副"。

我不是亚当,没有资格为万物进行其惊心动魄的命名大典。也不是仲尼,对于世人的"鱼目混珠"唯有深叹。

不是命名者,不是正名者,只是一个问名者。命名者是伟大的开创家,正名者是忧世的挽澜人,而问名者只是一个与万物深深契情的人。

也许有几分痴,特别是在旅行的时候,我老是烦人地问:
"那是什么?"

别人答不上来,我就去问第二个,偏偏这世界就有那么多懵懂的人,你问他天天来他家草坪啄食的红胸绿背的鸟叫什么,他居然不知道。你问他那条河叫什么河,他也好意思抵赖说那条河没名字。你问他那些把他家门口开得一片闹霞似的花树究竟是桃是李,他不负责任地说不清楚。

不过,我也不气,万物的名氏又岂是人人可得而知的。别人答不上来,我的心里固然焦灼,但却更觉得这番"问名"是如此郑重虔诚,郑重得像古代婚姻中的"问名"大礼。

读《红楼梦》,喜欢宝玉的痴,他闯见小厮茗烟和一个清秀的女孩子在一起,没有责备他的大胆,却恨他连女孩子姓什么叫什么都不知道。不知名就是不经心,奇怪的是有人竟能如此不经心地过一生一世。宝玉自己是连听到刘姥姥说"雪地里女孩儿精灵"的故事,也想弄清楚她的名姓而去祭告一番的。

有一次,三月,去爬中部的一座山,山上有一种蔓藤似的植物,长着一种白紫交融细丝披纷的花。我蹲在山径上,凝神地看,山上没有人,无从问起。忽然,我发现有些花已经结了小果实了,青绿椭圆,我摘了一个下山去问人,对方瞄了一眼,不在意地说:

"那是百香果啊,满山都是的!现在还少了一点,从前,我们出去一捡就一大箩。"

我几乎跌足而叹,原来是百香果的花,那么芳香浓郁的百香果的花。如果再迟两个月来,满山岂不都是些紫褐色的果子,但我也不遗憾,我到底看过它的花了,只可惜初照面的时候,不能知名,否则应该另有一番惊喜。

野牡丹的名字是今年春天才打听出来的,一旦知道,整个春天竟然都过得不一样了。每次穿山径到图书馆影印资料,它总在路的右侧紫艳艳地开着,我朝它诡秘一笑,心里的话一时差不多已溢到嘴边:

"嗨,野牡丹,我知道你的名字了,蛮好听的呀——野牡丹。"

它望着我,也笑了起来,像一个小女孩,又想学矜持,又装不来。于是忍不住傻笑:

"咦?谁告诉你的?你怎么晓得我的名字的?"

"安娜女王的花边"(Queen Anna's Lace)是一种美国野花的名字,它是在我心灰意冷问遍朋友没有一个人能指认得出来的时候,忽然获知的。告诉我的人是一个女画家,那天,她把车子停在宁静安详的小城僻路上,指着那一片由千百朵小如粟米的白花组成的大花告诉我,我一时屏息睁目,简直不敢相信那是真的。当下只见路边野花蔓延,世界是这样无休无止的一场美丽,我忽然觉得幸福得不知说什么才好。恍如古代,河出图,洛出书——那本不稀奇,但是,圣人认识它,那就不一样了。而我,一个平凡的女子,在夏日的熏风里,在漫漫的绿向天涯的大地上,只见那白花欣然怡悦地浮上来,像河图洛书一样地浮上来,我认识它吗？一朵花里有多少玄机，太平盛世会由于这样一个祥兆而出现吗？

我如杲如痴地坐着，一朵花里有多少玄机？

三月里，我到东门菜场外面的花店里去订一种花，那女孩听不懂，我只好找一张纸，一面画，一面解释：

"你看，就是这样，一根枝子，岔出许多小枝子，小枝子上有许许多多小花，又小，又白，又轻，开得散散的，蒙蒙的……"

"哦，"不等我说完，她就叫了起来，"你是说'满天星'啊！"（后来有位朋友告诉我，那花英文里叫 baby's breath——婴儿的呼吸，真温柔，让人忍不住心疼起来。）

第二天，我就把那订购的开得密密的星辰一把抱回家，觉得自己简直是宇宙，一胸襟都是星。

我把花插在一个陶罐子里，万分感动地看那四面迸射的花。我坐在花旁看书，心中疑惑地想着，星星都是善于伪装的，它们明明那么大，比太阳还大，却怕吓倒了我们，所以装得那么小，来跟我们玩。它们明明是十万年前闪的光，却怕把我们弄糊涂了，所以假装是现在才眨的眼……而我买的这把"满天星"会不会是天星下凡来玩一遭的？我怔怔地看那花，愈看愈可疑，它们一定是繁星变的，怕我胆小，所以化成一把怯怯的花，来跟我共此暮春，共此黄昏。究竟是"星常化作地下花"呢，还是"花欲升作天上星"呢？我抛下书，被这样简单的问题搞糊涂了。

菜单上也有好名字。

有一种贝壳，叫"海瓜子"，听着真动人，仿佛是从海水的大瓜瓤里剖出的西瓜子,想起来,仿佛觉得那菜真充满了一种嗑的乐趣——嗑下去,壳张开,瓜子仁一般的贝肉就滑落下来……还有一种又大又圆的贝类,一面是白壳,一面是紫褐色的壳,有个气吞山河的名字,叫"日月蚶",吃的时候,简直令人自觉神圣起来。不知道日月蚶自己知不知道它叫日月蚶——白的那面像月,紫的那面像日,它就是天地日月精华之所钟。

吃西方东西,我更喜欢问名了,问了,当然也不懂,可是,把名字写在记事本上,也是一段小小的人生吧!英雄豪杰才有其王图霸业的历史记录,小人物的记事册上却常是记下些莫名其妙的资料,例如有一种紫红色的生鱼片叫玛苦瑞,一种薄脆对折中间包些菜肴的墨西哥小饼叫"他可",意大利馅饼"披萨"吃起来老让人想起在比萨斜塔(虽然意大利文那两字毫不相干)。一种吃起来像烤馒头的英式面包叫"玛芬",petitmunster 是有点臭咸鱼味道的法国乳酪,Artichoke 长得像一只绿色的花,煮熟了一瓣瓣掰下来沾牛油吃,而"黑森林"又竟是一种蛋糕的名字。

记住些乱七八糟的食物名字当然是很没出息的事情,我却觉得其中有某种尊敬。只因在茫茫的人世里,我曾在某种机缘下受人一粥一饭,应当心存谢忱。虽然,钱也许是我付的,但我仍觉得每一个人的一只盘碗,都有如僧人的钵,我们是受人布施的托钵人,世界人群给我们的太多,我至少应该记下我曾经领受的食物名称。

有时我想,如果我死,我也一定要问清楚病名。也许那是最后一度问名了。

人生一世,问的都是美好的名字,一样好吃的菜肴、一块红得半透明的石头、一座山、一种衣料、一朵花、一条鱼……

但是,有一天,我会带着敬意问我敌人的名字,像古战场上两军对垒时,大英雄总是从容地问:

"来将通名!"

也许是癌,也许是心脏病,也许是脑溢血……但是,我希望自己有机会问名,我不能不清不白地败在不知名的对方手下。既然要交锋,就得公平,我要知道对手叫什么名字,背景如何,我要好好跟他斗一斗。就算力竭气绝,我也要清清楚楚叫出他的名字:

"××,算你赢了。"

然后,我会听见他也在叫我的名字:

"晓风,你也没输,我跟你缠斗得够辛苦的了!"

于是,我们对视着,彼此行礼,握手,告退。

最后的那场仗,我算不算输,我不知道,只知道,我要知道对方的名字,也要跟他好好拼上许多回合。

自始至终,我是一个喜欢问名的人。

我想走进那则笑话里去

围坐喝茶的深夜,听到这样的笑话:

有个茶痴,极讲究喝茶,干脆去住在山高泉冽的地方,他常常浩叹世人不懂品茶。如此,二十年过去了。

有一天,大雪,他瀹水泡茶,茶香满室,门外有个樵夫叩门,说:

"先生啊!可不可以给我一杯茶喝?"

茶痴大喜,没想到饮茶半世,此日竟碰上闻香而来的知音,立刻奉上素瓯香茗,来人连尽三杯,大呼,好极好极,几乎到了感激涕零的程度。

茶痴问来人:

"你说好极,请说说看,这茶好在哪里?"

樵夫一面喝第四杯,一面手舞足蹈:

"太好了,太好了,我刚才快要冻僵了,这茶真好,滚烫滚烫的,一喝下去,人就暖和了。"

因为说的人表演得活灵活现,一桌子的人全笑了,促狭的人立刻现炒现卖,说:

"我们也快喝吧,这茶好呢!滚烫哩!"

我也笑,不过旋即悲伤。

人方少年时,总有些耽溺于美。喝茶,算是生活美学里的一部分。凡有条件可以在喝茶上讲究的人总舍不得不讲究。及至中年,才不免悯然发现,世上还有美以外的东西。

大凡人世中的美,如音乐、如书法、如室内设计、如舞蹈,总要求先天的敏锐加上后天的训练。前者是天分,当然足以傲人,后者是学养,也是可以自豪的。因此,凡具有审美眼光之人,多少都不免骄傲孤慢吧?《红楼梦》里的妙玉已是出家人,独于"美字头上"勘不破,光看她用隔年雨水招待贾母刘姥姥喝茶,喝完了,她竟连"成窑五彩小盖钟"也不要了——因为嫌那些俗人脏。

黛玉平日虽也是个小心自敛的寄居孤女,但一谈到美,立刻扬眉瞬目,眼中无人,不料一旦碰上妙玉,也只好败下阵来,当时妙玉另备好茶在内室相款,黛玉不该问了一句:

"这也是旧年的雨水?"

妙玉冷笑一声:

"你这么个人,竟是大俗人,连水也尝不出来。这是五年前我在玄墓蟠香寺住着,收的梅花上的雪,共得了那一鬼脸青的花瓮一瓮,总舍不得吃,埋在地下,今年夏天才开了,我只吃过一回,这是第二回了。你怎么尝不出来?隔年蠲的雨水那有这样轻浮,如何吃得。"

风雅绝人的黛玉竟也有遭人看作俗物的时候,可见俗与不俗有时也有点像才与不才,是个比较上的问题。

笑话里的俗人樵夫也许可笑——但焉知那"茶痴"碰到"超

级茶痴"的时候，会不会也遭人贬为俗物？

为了不遭人看为俗气，一定有人累得半死吧！美学其实严酷冷峻，间不容发，其无情处真不下于苛官厉鬼。

日本的十六世纪有位出身寒微的木下藤吉郎，一度改名羽柴秀吉，后来因为军功成为霸主，赐姓丰臣，便是后世熟知的丰臣秀吉。他位极人臣之余很想立刻风雅起来，于是拜了禅僧千利休学茶道。一切作业演练都分毫不差，可是千利休却认为他全然不上道。一日，丰臣秀吉穿过千利休的茶庵小门，见墙上插花一枝，赶紧跑到师父面前，巴巴地说了一句看似开悟的话：

"我懂了！"

千利休笑而不答——唉！我怀疑这千利休根本是故布陷阱。见到花而大叫一声"我懂了"的徒弟，自以为因而可以去领"风雅证书"了，却是全然不解风情的。我猜千利休当时的微笑极阴险也极残酷。不久之后，丰臣就借故把千利休杀了，我敢说千利休临刑之际也在偷笑，笑自己有先见之明，早就看出丰臣秀吉不能身列风雅之辈。

丰臣秀吉大概太累了，"风雅"两字令他疲于奔命，原来世上还有些东西比打仗还辛苦。不如把千利休杀了，从此一了百了。

相较之下，还是刘姥姥豁达，喝了妙玉的茶，她竟敢大大方方地说：

"好是好，就是淡些，再熬浓些更好了。"

众人要笑，由他去笑，人只要自己承认自己蠢俗，神经不知可以少绷断多少根。

那一夜，在众人的哄笑声中，我真想走到那则笑话里去，我想站在那茶痴面前，他正为樵夫的一句话气得跺脚，我大声劝他说："别气了，茶有茶香，茶也有茶温，这人只要你的茶温不要你的茶香，这也没什么呀！深山大雪，有人因你的一盏茶而免于僵冻，你也该满足了。是这人来——虽然是俗人——你才有机会可以得到布施的福气，你也大可以望天谢恩了。"

怀不世之绝技，目高于顶，不肯在凡夫俗子身上浪费一丝一毫美，当然也没什么不对。但肯起身为风雪中行来的人奉一杯热茶，看着对方由僵冷而舒活起来，岂不更为感人——只是，前者的境界是绝美的艺术，后者大约便是近乎宗教的悲悯淑世之情了。

卓文君和她的一文铜钱

下午的阳光意外的和暖，在多烟多嶂的蜀地，这样的冬日也算难得了。

药香微微，炉火上氤氲着朦胧的白雾。那男子午寐未醒，一只小狗偎着白发妇人的脚边打盹。

这么静。

妇人望着榻上的男子，这个被"消渴之疾"所苦的老汉（按：古人称糖尿病为消渴之疾），他的手脚细瘦，肤色黯败，她用目光爱抚那衰残的躯体。

一生了，一生之久啊！

"这男人是谁呢？"老妇人卓文君支颐倾视自问。

记忆里不曾有这样一副面孔，他的额发已秃，颈项上迭着像骆驼一般的赘皮。他不像当年的才子司马相如，倒像司马相如的父亲或祖父。年轻时候的司马虽非美男子，但肌肤坚实，顾盼生姿，能将一把琴弹得曲折多情如一腔幽肠。他又善剑，琴声中每有剑风的清扬袤健。又仿佛那琴并不是什么人制造的什么乐器，每根琴弦，一一都如他指尖泻下的寒泉翠瀑，琤琤琮琮，淌不完的高山流水，谷烟壑云。

犹记得那个遥远的长夜，她新寡，他的琴声传来，如荷花的花苞在中宵柔缓拆放，弹指间，一池香瓣已灿然如万千火苗。

她选择了那琴声，冒险跟随了那琴声，从父亲卓王孙的家中逃逸。从此她放弃了仆从如云，挥金如土的生涯。她不觉乍贫，狂喜中反觉乍富，和司马长卿相守，仿佛与一篇繁富典丽的汉赋相厮缠，每一句，每一逗，都华艳难踪。

啊，她永远记得的是那俶傥不群的男子，那用最典赡的句子记录了一代大汉盛世的人——如果长卿注定是记录汉王朝的人，她便是打算用记忆来网络这男子一生的人。

而这男子，如今老病垂垂，这人就是那人吗？有什么人将他偷换了吗？卓文君小心地提起药罐，把药汁滤在白瓷碗里，还太烫，等一下再叫他起来喝。

当年，在临邛，一场私奔后，她和爱胡闹的长卿一同开起酒肆来。他们一同为客人沽酒、烫酒，洗杯盏，长卿穿起工人裤，别有一种俏皮。开酒肆真好，当月光映在酒厄里，实在是世间最美丽的景象啊！可惜酒肆在父亲反对下强迫关了，父亲觉得千金小姐卖酒是可耻的。唉！父亲却从来不知卖酒是那么好玩的事啊！酒肆中觥筹交错，众声喧哗，糟曲的暖香中无人不醉——不是酒让他们醉，而是前来要买它一醉的心念令他们醉。

想着，她站起来，走到衣箱前，掀了盖，掏摸出一枚铜钱，钱虽旧了，却还晶亮。她小心地把铜钱在衣角拭了拭，放在手中把玩起来。

这是她当年开酒肆卖出第一杯酒的酒钱。对她而言，这一钱胜过万贯家财。这一枚钱一直是她的秘密，父亲不知，丈夫不知,子女亦不知。珍藏这一枚钱其实是珍藏年少时那段快乐的私奔岁月。能和当代笔力最健的才子在一个垆前卖酒,这是多么兴奋又多么扎实的日子啊!满室酒香中盈耳的总是歌,迎面的都是笑,这枚钱上仿佛仍留着当年的声纹,如同冬日结冰的池塘长留着夏夜蛙声的记忆。

酒肆遵父命关门的那天,卓王孙送来仆人和金钱。于是,她知道,这一切逾轨的快乐都结束了。从此她仍将是富贵人家的妻子,而她的夫婿会挟着金钱去交游,去进入上流社会,会以文字干禄。然后,他会如当年所期望的,乘"高车驷马"走过升仙桥。然后,像大多数得意的男子那样,娶妾。他不再是一个以琴挑情的情人。

事情后来的发展果真一如她所料,有了功名以后,长卿一度想娶一位茂陵女子为妾(啊!身为蜀人,他竟已不再爱蜀女,他想娶的,居然是京城附近的女子),文君用一首《白头吟》挽回了自己的婚姻——对,挽回了婚姻,但不是爱情。

> 皑如山上雪,皎若云间月。
> 闻君有两意,故来相决绝。
> ……
> 凄凄复凄凄,嫁娶不须啼。
> 愿得一心人,白头不相离。
> ……

"一心人"?世上有那一心一意的男人吗?

药凉了,可以喝了,她打算叫醒长卿,并且下定决心继续爱他。不,其实不是爱他,而是爱属于她自己的那份爱!眼前这衰朽的形体,昏眊的老眼,分明已一无可爱,但她坚持,坚持忠贞于多年前自己爱过的那份爱。

把铜钱放回衣箱一角,下午的日光已翳翳然,卓文君整发敛容,轻声唤道:

"长卿,起来,药,熬好了。"

——原载 1999 年 2 月台湾《联合文学》杂志

熊白，我没有吃过的美味

人跟饮食之间的关系，除了"吃下"它之外，还有"叙述"。熊猫吃完了竹子之后就去睡了，鲨鱼吞下沙丁鱼之后也悠然游开，不会有哪一只家伙想到要来记录。只有奇怪的曹雪芹要去记下一则"茄鲞"，害得众红楼迷颠颠倒倒二百年，也真是太奇怪了。

但这种记录也话分三种，其一恰如某首流行歌曲的名字，《往事只能回味》，写的是我们生命史中湮远的记忆。四十年前唐鲁孙之类的作者写的便是北京美食之回顾。其二是当下此际，那便是街头巷尾的美食快讯，近乎"情报"，经人一说，立刻可以手到擒来，诗人焦桐做的饮食杂志便是这种。但对我而言，却有另一种美食，这种美食我此时此刻吃不到，从前也没吃过，以后，亦不会有机会吃，因此也就格外魂牵梦绕，情肠九回。

这种食物极多，严格说来《红楼梦》中那道"茄鲞"就是做不成的，因为今天这个时代，你是取不到"野鸡爪子"的。而我好奇又神往的食物叫"熊白"，此二者都取材于保育类动物，所以有钱也吃不到。"熊白"说穿了就是熊背上的白白的脂肪，宋代有本叫《埤雅》的书里记载：

> 熊似豕坚中山居冬蛰，当心有白脂如玉，味甚美，俗呼熊白。

"当心"两字有些难解，另一本也是宋代著作的《尔雅翼》就说得比较清楚：

> 古称熊白，此膏之在背也，寒月则有，暑月即无。

如果翻到《本草》，"熊"条里也有说明：

> （陶）弘景曰，脂即熊白，乃背上肪，色白如玉，味甚美。寒月则有，夏月则无。

以上是比较静态的数据，看来熊白是温带或寒带地区的熊为了贮存冬眠时期所需的热量而预存的脂肪，猎人趁它冬眠前猎熊到手就可享此美味。台湾的熊没有冬眠的必要，想来如果有人在冬天跑去动物园偷熊来杀也找不到背上那块奇怪的脂肪。

至于比较动态的描写见于《北齐书》，提到有一位名叫李德立（顺）的人跑到宴席上，"连索熊白"，这是一千四百年前的事了，不知为什么，至今听来仍令人垂涎。

但即便在古代，熊也不是随便就猎得到的野兽，所以想来也是猎人可遇不可求的天赐。记得曾在某书中看到处理的方法是腌制，应该颇合理，因为如果偶然才猎到一只，而春夏猎得的又找不到熊白，只好靠腌腊肉的方法才能终年享受了。

可是话说回来，这熊白不过就是脂肪嘛，而脂肪不就是肥肉吗？肥肉又能好吃到哪里去呢？不过，我仍相信熊白万分美味，试想鱼翅不就是鱼鳍吗？我们惯吃吴郭鱼，丝毫不觉吴郭鱼之鱼鳍有什么美味，可是人家鲨鱼的鱼鳍就是大不相同呀！

臆想中的熊白应该是比较硬实，又有点韧，像筋。做成腊味后切成薄片，既透明，又有稍许脆爽，跟那些毫无劲道的腻腻叽叽的肥猪肉是不同的。美食中除了"色香味"之外，触觉也是极重要的，熊白或海蜇皮或绿豆冬粉，皆各有其触觉之美。

至于我没吃过熊白又凭什么在此大谈其美味呢？应该说，是靠着诗人留下的信息。诗人虽然常吹牛，但比之政治人物要可信多了，苏东坡有《岐亭诗》五首，岐亭是地名，是东坡好友陈季常（陈慥）的地盘，东坡贬黄州，本来可算不幸，但好友也在这一带，加上这里食材不错（东坡肉就是在这里发明的），故可算"良性贬官"。老友重逢，又受了委屈，季常便倾囊备膳。东坡写诗五首是劝他不可为此杀生，东坡是个馋人，却劝别人不要杀生，其实指的是"不要特地为我杀生"，其中第二首：

> 我哀篮中蛤，闭口护残汁。
> 又哀网中鱼，开口吐微湿。
> ……

读来足以令人为自己的荤食羞赧，但其中第一首写"熊白"那一段却又似乎是兴奋且欢忭的，他说：

> 久闻蒌蒿美，初见新芽赤。
> 洗盏酌鹅黄，磨刀削熊白。
> ……

蒌蒿是极美味的春蔬，此处且按下不表。"鹅黄"指的是酒，据陆放翁说是"汉中美酒"，别处似乎酿不来。有趣的是切"熊白"，必须把刀磨得锋利才便于削切，想来挺有意思的。

清代诗人吴伟业《读史偶述》中也提到：

> 相公堂馔银盘美，熊白烹来正割鲜。

看来要吃熊白这种野味，除了机缘之外，还要加上好刀子和好刀功。

对于我没吃过的美味干吗一路絮絮叨叨说个没完，世上事不常如此吗？谁会细述年年月月日日时时分分秒秒在享用的空气呢？

——2009 年 1 月 12 日台湾《人间副刊》

薛蟠和他的泰国料理生日宴

薛蟠是谁？

这年头，知道薛大爷的人大概不多，我且来解释一下，他是《红楼梦》里的小说人物，只算配角，他的妹妹比较有名，叫薛宝钗。故事快结尾时她嫁给了贾宝玉，所以，薛蟠算是主角贾宝玉的小舅子。不过他俩本来就是表兄弟。薛蟠早岁丧父失于管教，成了不学无术仗财欺人的坏孩子，好在城府不深，还保留几分天真和直肠子，也算难得了。

薛家既有钱又加上没爸爸，儿子乐得逍遥自在。《红楼梦》二十六回薛蟠五月三日过生日，前一日便有贾政身边的清客送上好菜，于是薛蟠就来找贾宝玉去品尝，薛家是金陵世家，什么好东西大概都不看在眼里，所以要送上与众不同的东西也须煞费苦心。其中有二位，老胡和老程，就找到了四样稀罕东西来呈献：

第一，极粗大肥硕的当令鲜嫩脆藕。（想来当然是生吃的）

第二，极大的西瓜。（不知是长形还是圆形，红瓤白瓤还是黄瓤？）

第三，用香料（灵柏香）熏过的泰国（暹罗）猪。

第四，用香料熏过的鱼。（不知是不是也用泰国鱼？）

其中第三四两样，照薛蟠说：

"不过贵而难得。"

他比较惊喜的是居然有人能种出那么超大的莲藕和西瓜，其间想来有些高明的农业改良的技术。可惜薛蟠没什么好言语来形容，他只会用手比，而曹雪芹又不想告诉我们他的手比得有多大。

但我读二十六回最感兴趣的还是那句"暹罗国进贡的灵柏香熏的暹罗猪、鱼"。原来远在三百年前，薛蟠就已经吃到泰式料理了，而且还是进贡的。进贡的东西怎么跑到贾府清客老胡老程手里？皇帝贡物吃不完赐给群臣倒是有的，却也分不到老胡老程这种外围人物家里。薛蟠说"贵而难得"，难道皇家的东西也兴外卖求现吗？或者说"泰国香料、泰国作法、泰国猪种"的这种新式食物立刻有人仿制了，并在市面上卖起来？

根据《大清一统志》"暹罗"条来看，自乾隆十四年起，暹罗每三年一贡，所以暹罗来进贡猪应该是确有其事的。

但暹罗猪和中华猪有何不同？这个学问就不是我可以瞎掰的了。但我去年曾赴泰北参观晨曦会戒毒中心的养猪农场（这件事有点了不起，是台湾的"善行外销"），只觉那猪长得极为矫健漂亮，毛是深棕色的，且发亮，身体平直而不臃肿，看来比较精瘦。至于和泰国相近的马来西亚，三十年前去吃他们驰名的"肉骨茶"，吃到的常是野猎来的山猪肉（近年来就吃不到了），泰国在三百年前会不会用野猪肉来进贡？或者亦有可能。但山猪肉粗硬，宜炖不宜熏烤，所以进贡的暹罗猪可能仍是家养的猪。有趣的是《红楼梦》中有一处记录乌进孝来送礼，租户送来的礼物单上就有"暹猪二十个"。农民的暹猪是直接从泰国进货的，还是自己在中国土地上养的泰裔"移民猪的后代"令人有无穷想象。而那时代的人居然心腹皆开放，"口味也挺国际化"的，真不可小觑古人呢！

不知道有没有人写过"中国猪史"，其中当然要包括猪的种类、猪的养殖、猪的烹调法和保存法。中国猪（或包括泰猪血统）的贡献可能有五千年了，或者更久，包括被骂成"中国猪"的"人"也都很有贡献呢！

中学时代读《红楼梦》，居然有时心急到跳着读，因为只想知道宝黛两人的恋情怎么样了，其他都来不及驻目了。成年后一遍遍再读，才慢慢知道其间情味。

古人其实活得比我们想象得更复杂而有趣，薛蟠的生日宴居然是泰式料理，身为现代人，可以狂妄自大的理由又少了一项。

——原载 2009 年 3 月 9 日台湾《人间副刊》

有些女孩，吟了不该吟的诗

太过分了，这些女孩。

身为女人，居然还大落落地拥有才华。拥有才华倒也罢了，如果拥有的是刺绣或烹饪的本领，那还勉强说得过去。但她们居然爱吟诗且又能作诗，这，不太过分了吗？（套句时下流行的"烂语"，也就是"太超过"了。）

其中第一个女孩名叫李冶，生在唐代。在唐朝，因为出了个靠上床取得政权的女皇帝，后来遂有人误以为这个时代的女权还不算低落。像清朝李汝珍写的《镜花缘》小说，就选择把天上的百花仙子贬落到大唐盛世的太平岁月里去。但，真相真的如此吗？

书上记载：

> 季兰（李冶字季兰）五六岁时，其父抱于庭，令咏蔷薇云云。

蔷薇似玫瑰而小，会攀爬，小女孩应口说：

经时未架却,心绪乱纵横。

不得了,这下父亲变了脸,原本的爱宠消失了,小女孩立刻遭到鄙夷。

父恚曰:"必失行妇也。"后竟如其言。

李冶的诗在唐代少数女诗人中算是好的,却只因一句诗,被父亲预言为坏女人,真是情何以堪。那两句诗我姑译如下:

只因这阵子疏懒,没有好好去为花朵搭个架子,众蔷薇竟泛滥成灾,纵横满园,恰似我纷乱难整的心事。

乖女孩怎么可以告诉别人自己内心的失序和不宁!难怪李爸爸发怒了。

另外有位薛郧也是唐朝人,他的女儿薛涛八九岁了,也颇知声律。有一天,做父亲的以井畔梧桐为题说了两句"庭除一古桐,耸干入云中",不料薛涛接的句子是:"枝迎南北鸟,叶送往来风。"

书上所记的是"父愀然久之,后,果入乐籍"。

如果有个小男孩,吟出这样的句子,想来做父母的会说:"你听,你听,这孩子性格活泼,想来以后可以做外交部长哦!"

但薛涛是女孩,好女孩不应该跟人说她隐秘的私愿,如果说了,她未来的命运便是堕入风尘。

明代江苏常熟的季贞一(嘿,多正经的好女人的名字),也有这样的故事:

其父老儒也，抱置膝上，令咏烛诗，应声曰："泪滴非因痛，花开岂为春。"其父推堕地曰："非良女子也。"后果以放诞致死。

这小女孩犯下什么忌讳吗？她的诗，我为她意译如下：

小蜡烛啊
你的烛泪就这样一行行
一行行地滴滴坠
坠滴滴
不是因为皮肉之灼痛
而是另有其哀愁啊
正如春日花开了
但花岂为春日而开
它自有它自己非开花不可的自行自是的
自己的理由啊

这样的诗，有什么理由不准小女孩写呢？而痛责她们的，竟是她们仰之事之的父亲啊！虽说是几百年前乃至千余年前的老故事了，不知为什么我读来总觉熟稔切近，仿佛事在眼前。

——原载 2008 年 11 月 24 日台湾《人间副刊》

炎方的救赎——读汤显祖《牡丹亭》

> 自从在梦中遇见那温柔的男子,杜丽娘忽然意识到自己生命里有所欠缺有所不足,而在遥远的炎方,却有郁勃蓊茂的生命正等待与她相遇。

凭依造化三分福,

绍接诗书一脉香。

——《牡丹亭》第二出《言怀》

一、两组数字

1564 – 1616

1550 – 1616

上面这两组数字对你而言有什么意义呢?

前一组是英国剧作家莎士比亚的生卒年份,后一组是明朝汤显祖的。前者世人皆知,后者则可能连国人也不晓。

二、他们的坐标

"从前,很久很久以前,有一个国王……"

童话，常常是没头没脑的，闹不清是哪朝哪代的故事。而汤显祖的《牡丹亭》却正经八百的有其时空坐标。而且，几乎还附上男女主角 DNA 血统书。

故事的时代坐落在南宋，地点在江西省的南安（现在叫大庾）太守第。这汤显祖有一点点自私，这么美丽的故事情节，他舍不得让它发生在别的地方，便让它发生在自己的故乡。不同的是汤显祖是临川人，临川属于江西北部，南安属于江西南部，这两个地方的距离大约有一个台湾那么长。至于女主角杜丽娘，她的父系祖先是杜甫，母亲则是甄后的后代。至于男主角呢，是柳宗元的后裔。男主角另有一位姓韩的朋友，他是韩愈之后。更奇的是当年柳宗元笔下有位郭驼，他是位驼背园丁，他们家族从唐朝驼到宋朝，世代都驼，也都做园丁，且世代在柳家做园丁，柳家去了岭外，郭驼也追随而去。

其实，整部《牡丹亭》里的人物都在"重生"。杜家重生，柳家重生，韩家重生，甄家重生，郭家重生……借着后代，孳衍不息。所以，杜丽娘能重生，好像并不奇特。

大部分读《牡丹亭》的人会被杜丽娘的"死忠"（真的是以死来忠）吓到，忍不住为她的专致钟情而泪下。但我读《牡丹亭》却为另两个字而痴迷，那两个字是：

炎方

这两个字出现在第二出柳梦梅一上场所念的诗句中：

寒儒偏喜住炎方

我对炎方两字痴迷,是因为那两个字是"热带"的意思。而热带,不正是我自小被命运安排,所一直定居的地方吗!

炎方两字并不是汤显祖叫出来的,它早就存在了,在唐诗里,有下面这样的句子:

柳宗元《南中荣橘柚》:"橘柚怀贞质,受命此炎方。"

司空曙《送郑明府贬岭南》:"莫畏炎方久,年年雨露新。"

李绅《红蕉花》:"红蕉花样炎方识,瘴水溪边色最深。"

雍和《郊庙歌辞》:"昭昭丹陆,奕奕炎方。"

贾岛《送人南归》:"炎方饶胜事,此去莫蹉跎。"

贾岛《送人南游》:"蛮国人多富,炎方语不同。"

杜甫《七月三日……戏呈元二十曹长》:"衰年旅炎方,生意从此活。"

当然,提到炎方,也有说坏话的,例如:

沈佺期《赦到不得归题江上石》:"炎方谁谓广,地尽觉天低。"

卢纶《逢南中使寄岭外故人》:"炎方难久客,为尔一沾襟。"

于鹄《送迁客》:"遍问炎方客,无人得白头。"

白居易《夏日与闲禅师林下避暑》:"每因毒暑悲亲故,多在炎方瘴海中。"

李白《古风》:"炎方难远行。"

对唐人而言,虽然广大的帝国版图早已延伸到丰美的南方,但南方仍是瘴疠之乡，它或许是美丽的，却和蛊惑和死亡和脚气病和卑湿……来联想。

然而，南方持续丰美。

长江在流，岷江在流，沅江资江湘水在流，漓江丽江在流，珠江在流、闽江在流……

南方持续丰美。

橘柚溢芬，荔枝传香。鲛人在月下泣珠，东海龙王忽然成了新任的财神，坐拥一切海上的资源。沈万三从家中的后门水巷出发，小船换大船，他便挺进天涯，比陶朱公走得更远，于是有人传说，他拥有聚宝盆。

南方持续丰美。

海洋的蓝色暖流为黄河输血，南方持续丰美。

在汤显祖的笔下，杜甫的后代不再隶籍河南，杜丽娘为自己造像时说的是：

"如果我不为自己画一张像，有谁会知道会思念西蜀杜丽娘的美貌呢？"

她和她的父亲把杜甫一度流浪逃难的四川当作了新的故乡。

南方，南方持续丰美。

而柳梦梅，在祖先一度被贬的两广炎方，在记忆中遭诅咒的流放之地，在丰美的果园中他成长了。上场诗中他说：

凭依造化三分福，

绍接诗书一脉香。

在遥远的南方，在阳光和花香的祝福下，文化被传承，梦想被认可，美丽的故事在酝酿，传说如风雷隐隐成形，神话刚裂地而出，旋即耸然入云。

于是他们各自站在他们的时空坐标，在最混乱的年代，当战争和流血侍立在身边，他们却各自坐落在自己的新故乡。他们没有依傍，有的只是春天里的一株灿如黄金的垂柳，或一树开疯了的梅花，以及一座不知"当今是谁家天下"的又荒凉又华美的园子。如果人间还有什么可依赖的话，恐怕也只像《欲望街车》中田纳西·威廉斯借女主角说的：

"我总要信任陌生人的善意。"

对，到后来爱情成了最终的信仰，杜丽娘和柳梦梅，各自信任梦中初见的陌生情人的真意。

"噢，你也在这里吗？"

这是张爱玲形容乱世爱情的一句凄凉的话。世界纷扰，个人的命运可以由云端落入泥淖。但在某个春天，薄暮，某个身穿月白衫子的美丽女子，站在自家后门口，桃花开了，她手扶桃树。然后，男孩走来，跟他说了那句话。后来，命运将他们分开了，他们一世未曾再见面。但那三分钟，在她的生命里却已成永恒。直到晚年，她总是想起那黄昏，以及那与她惊喜相逢的男子，以及他说的：

"噢，你也在这里吗？"

杜丽娘、柳梦梅，他们交集在同一个时空坐标点上，他们是彼此梦中最美的幻象。

"噢，你也在这里吗？"

于是，他们相爱了。也许相逢，也许不相逢，也许局部相逢，这些都无碍于相爱。当有人爱上了某人，某人甚至不需要有名字，他的名字就叫作"我爱"。

三、然而，她在岭北，他在岭南

自从在梦中遇见那温柔的男子，杜丽娘忽然意识到自己生命里有所欠缺有所不足，而在遥远的炎方，却有郁勃蓊茂的生命正等待与她相遇。于是她渴望被点燃，被浸染，她渴望把自己解体并重组。

而柳梦梅也开始立即收拾行装，他知道自己必须出发，如鲑鱼之洄游。去探索他的原乡。如信徒之朝圣，如考古队走入岩穴，他知道这段旅程非去不可。

在长期焦虑无望的等待之余，杜丽娘因渴望而死去。

柳梦梅却翻山越岭而来，在梅岭，他惊遇岭南的梅和岭北的梅，南梅先开，北梅后放，却同样洁白美丽。石砌的古道，砌成某种图案的属广东，越一步，另种图案，已是江西。跳过江西，就算中原地面了。

岭上天寒，柳梦梅一路行来，便病倒了。

曾经，柳梦梅在岭南，杜丽娘在岭北。然而，此刻，柳梦梅到了岭北，杜丽娘却已仙去。柳梦梅并不知道他失去了什么，他只知道自己莫名的失落。

柳梦梅病倒，这来自炎方的男子多么不惯北地的风霜啊！炎方持续丰美，而柳梦梅在大庾岭上，在梅关，彳亍前行。在这自古以来通南往北的大道，他想着，这里曾走过多少洄溯者的脚步啊！

曾经，六祖惠能走过这条路，他要去的地方是湖北黄梅寺。那时他是多么年少啊，只因家贫，必须养老母，他砍了柴去卖。当他把柴担到旅店送给客人，而后，恭敬地倒退着步子离开，忽然听到奇特的声音，他不知道那是什么，只知道如闻天音。山泉流过漱石，凉风吹过饱含明月的松林，也正是此声。这是什么？是诵经，有人告诉他。然而什么是"经"？五祖弘忍那里有经。五祖弘忍人在哪里？在岭北。要走几天可到？走三十几天。奈何我家有老母。我为你出十两银子安家，你去吧！于是那砍柴少年便一路直奔黄梅而去，成就后来一段大因缘……可是，惠能当年也为此梅花惊艳吗？他也坐此山石，为远方的神秘经书而气血翻涌吗？他会在寒风中思忆柔暖的炎方世界吗？

我，柳梦梅，今告诉亲朋我是为考试而来，经书我自有，然而我果真为科举而来吗？好像不是，我是为生命的奇遇而来，我为发生而来，我为回到先人的脚印而来。六祖惠能曾带着大喜悦、大惊讶攀此山涉此水，并终于带着大彻悟而归。我今越此大庾岭，跨此梅关，走此天堑，我何所求，生命又能何所求……

四、如果你呼叫我,我将跨越冥河而来

杜丽娘的肉体僵冷,静卧在老梅树下。杜丽娘的魂魄悠游,在花径的落英和苍苔间。中原的大地肃穆庄凝,然而它沉沉睡去,如杜丽娘。也许怀着犹温的心,却不再能息视人间。

如果有人能斩开荆棘救回沉睡百年的睡美人公主。如果有人能循着昔日歌声的小径找到中毒的白雪公主,并且将之唤醒。那么,有人能唤回杜丽娘如唤回一整个民族的生命力吗?

炎方,丰美的南国,会是肃穆庄凝的后土的救赎吗?柳梦梅来了,然而柳梦梅感了风寒,曾经是河东(今山西)人士的柳家,如今是岭南人了,岭南人受不了岭北的风雪,至少一时之间受不了。

啊!岭南,曾经是河北人之子的六祖惠能,因为父亲遭贬岭南,而终于被人看成岭南人了。出身河东柳家的柳梦梅,如今也是岭南之人。后世还会有个岭南人孙中山,他们都是一些努力去叫醒别人的人。

救赎,会自南方来吗?英雄,会自炎方来吗?那丰美的南方。当时汤显祖不太了解台湾,他的地理认知到岭南而止。但有一件事他却不知不觉说对了,炎方是救赎,丰美的南方是救赎,救赎的英雄也来自南方,与世界接轨的南方,因一艘船而走天涯的南方。而南方可以是岭南,可以是香港,可以是台湾。

也许,所有的亲戚都以为柳梦梅是过大庾岭,去赴科举了。然而,唯他自己知道,不是的,他曾承诺于生命的,不止这么少。生命要求于他的,也不止这么小。必有更神圣巨大的任务,

那是什么？他也不知道，但他知道如果自己完成了那项任务，便也会附带完成了自己。

如果你呼叫我，我就为你跨生越死，为你而重履人世，我会褰裳涉水，离开冥河。

度阡越陌，攀山涉水，过大庾岭，走梅关，柳梦梅终于知道，能去爱一女子，竟是身为男人极伟大的正业。

请你来，来叫醒我，我僵冷，我枯索，请你以你来自炎方的丰饶腴美来润泽我、复苏我。然而，你又必须先爱上我，因为冷冷的呼叫只会令我更冷更灰。只有爱，才是无边的法力，才是超生越死的仙术。所以，真的，你必须先爱上我，凭一幅画，凭画中藏宝图一般的眼波和笑靥的描绘，你必须被钩起我们共同的梦中的记忆，你必须想起我依稀的眉目和呼吸，你必须想起你对我的爱，我才会响应你的呼唤，踏着星光和花香而来。

《牡丹亭》故事极单纯，不过是一个年轻的男孩和女孩生死以之的爱情。然而又极复杂细致，因为"来自炎方"的一切是如此迷人，如神话。

如果你要问我"炎方"两字果真如此令我动容吗？我会说，是的，南方温暖而华美的体质使我着迷，救赎会来自丰美的炎方。但是，如果没有可供救美的杜丽娘，来自炎方的柳梦梅又有什么情节可言呢？

——原刊登于 2004 年 5 月 4 日台湾《人间副刊》

安全的冒险——谈鬼戏

> 真的看到鬼是很可怕的事,但在剧院里聆听鬼的唱腔,细味鬼的孤愤或深情,揣摩鬼的动作和语言,却是安全的冒险。

如果我们走入剧院,我们想看什么呢?看爱情?或爱情的背叛?看友谊?或友谊的考验?看风云际会?或人去楼空?或昔日的麻雀今为凤凰?或曾经的兰芷化为此际之萧艾?……但不管看什么,我们其实想看的是"人"。

不过,如果我们爱看的是人,那么孙悟空是一只猴子,猪八戒是猪,白素贞是蛇,我们居然也爱看。如果进入卡通世界,那就更是动物、植物、矿物、器物,无物不可为主角。而且,连鬼物也是自有其戏份的。这样看来,鬼或万物,都是人世的延长虚线,都广义地纳入"收万象于一镜"的舞台。

莎剧《哈姆雷特》的诡谲变化,其实是从午夜城墙冤魂现身开始的。不幸的国王遭人淫其妻而夺其命,但这亡魂却鼓其最后一丝力气,要把是非讲给远方归来的儿子听。

福寿全归的幸福死者,好像都放弃了他们的发言权,安安静静地去长眠了。诚如我们在西洋小说里常看见的,提到死者,总要加一句"愿上帝安息他的灵魂"。至于那些昼伏夜出,汲汲惶惶,欲有所求欲有所索的鬼魂,大抵都是冤不曾伸,志不得偿,情未能圆或憾未能平的不幸之人。他们的人生戏份在现实社会里已经盖棺论定演完了,但舞台却给了他们另一个空间,让没能说的话说了,没能做的事做了,没能完成的情节完成了。

在人世间也许再没有另一个民族像华人如此善待鬼魂了。每一年,我们要为亡魂签一个月的入境许可,并且招待吃喝,外加用焚烧的方式提供消费券任他们花用。兴致来时,甚至也为他们演戏,更周到的还为他们提供豪宅和电视机。

在华人的舞台上,鬼也一向是耀眼的角色。美艳的如《牡丹亭》里的杜丽娘,那奇诡的行路步式几乎是来无踪去无影。捉王魁的桂英则是如此决绝凛然(绝不像政治人物的大老婆虚虚假假地代夫遮掩),死也饶不了那负心的夫君。《伐子都》的颖考叔则用附身的方式向凶手索回一命——这戏已经具备心理分析戏的高度了。

张爱玲在《流言集》里也曾谈过一个鬼戏《乌盆记》。某个外出人,遭人杀害,并且烧成灰,和泥做成了一个瓦盆,然后被人买去作便盆。可是就算落到这一步,这鬼还是死赖着要为自己伸冤。张爱玲不免为老外担心,觉得这种丑角等级的鬼,西方人怎能把它跟希腊悲剧比照呢?不过,谁管它什么老外怎么想,在现实社会里活得像便盆一样的人难道还少了吗?

《钟馗嫁妹》一戏也许是鬼戏中最受欢迎的了,喜欢热闹的观众可以在戏中看到一堆大小鬼卒,满满一舞台,有大头鬼,小头鬼,必要时还可以来个会吐火的鬼,真是族繁不及备载。跟政治有点瓜葛的观众不免为钟馗而悲,故事中他是因其貌寝陋而不被录用的考生,羞愤之余撞死殿阶,死后又很悲哀很讽刺地蒙皇帝赐绿袍而葬。有了这么一件寿衣他好像又忽然有了尊严，成了黑道大哥（鬼国才是真正的黑道吧？）专管小鬼，遇到特别不乖的小鬼，他就咔嚓咔嚓吃了它，这个为官场不收的无容貌又缺背景的男人，会触动某些人的伤悲吧？而女性观众也许更爱的是钟馗那一点点私心，虽然已是幽明两隔，虽然自己已是冥府之人，但当大哥哥的还是想照料一下幼小的妹子，想为她安排一门好亲事，并为她办一场风风光光的婚礼。大红喜轿在台上走过，热闹的队伍吹吹打打，娇艳婉媚的新娘和粗陋憨拙的大哥形成有趣的对比，这妹妹如果不能拥有一场完美的婚礼记忆，老哥是死也不甘心的啊！嫁了妹子他才好去安心做他的大鬼啊！这种不以人鬼相隔的兄妹深情，绝不是西方剧情中动不动就上演兄妹不伦戏所能了解的。

　　真的看到鬼是很可怕的事，但在剧院里聆听鬼的唱腔，细味鬼的孤愤或深情，揣摩鬼的动作和语言，却是安全的冒险。其功能有点像现实生活中请人来清洗水塔，不洗，好像也不怎么脏，洗了，才知道原来长期沉淀，我们的底层早有一层积垢待清。亚里士多德说的"惧怖""悲悯"，如果要加以涤尽，还有什么比看鬼戏更好呢？

　　我喜欢鬼戏、妖戏，因为它们是更为艳魅惊悚的人戏。坐在舒服的剧场里看鬼族辛苦扮演人生种切，是我心灵旅程中安全的冒险。

前 身

——题梁正居的摄影

有一个故事是这样的：

少年的李源和老人圆观是一对忘年友。有一天，在荆江江头，他们看到一个妇人，着一件锦裤，抱着个罂子，在江畔汲水。悬崖一片削青，汀水万丈莹澈，那妇人把满眼的山青水碧往罂子里一舀，便负罂而去，一瞬间仿佛所有的美景都被她一拔而尽。奇怪的是山不减青，水不减绿，那妇人转眼消失。

圆观转首对李源说：

"看到吗？我就将托身于这个妇人。十二年后，我在杭州天竺寺外等你。"

李源不敢置信地望着圆观，只见他平静的眼里有一丝温柔敬畏的泪光。李源知道那老人在那年轻女子身上看到了自己的母亲。

当夜圆观死了。

十二年后，李源前去赴约。

他看到了一个牧童，骑在牛背上，那孩子依稀有旧日江畔妇人的眼神，依稀有圆观当年的清简舒放。但是，他是谁？谁是他？是圆观吗？是任何一个"彼亦人子"的孩子？

牧童走过李源，以既熟悉又陌生的眼光打量着他，口里唱着《竹枝词》：

> 三生石上旧精魂，
> 赏月吟风不用论。
> 惭愧故人远相访，
> 此身虽异性长存。

然后，飘然远去。

我不能相信佛家的三生之说，我不能接受投胎和转世的理论，但我有我自己的前身观。

白居易《赠张处士韦山人》的诗中说：

> 世说三生如不谬，共疑巢许是前身。

对白居易而言，他在巢父许由的身上看到自己。

当我们读一切历史，一切故事，一切诗歌的时候，我们血脉贲张，我们扼腕振臂，我们凄然泪下，我们或哂或笑，或歌或哭。当此之际，我们所看到的岂是别人的故事，我们所看到的是我们自己。也许你会笑我们痴，但是，我们所看到的确是我们自己，一部分的自己。

我们是等待知音者驻足听琴的俞伯牙。

我们是渴望回到旧日茅舍去的陶渊明。

我们是辙环天下踯躅津口困于陈蔡的孔丘。

我们是登高望远，赋"前不见古人，后不见来者，念天地之悠悠，独怆然而涕下"的陈子昂。

我们是赍志以殁的诸葛武侯。

我们是为情缠绵，长镇雷峰塔下的白素贞。

我们是志得意满，衣锦还乡，却忽然意识到生命是如此凄凉而"唱大风歌，泣数行下"的汉高祖。

我们是众人笑叱声中破盔疲马走天涯的堂吉诃德。

我们是海明威笔下，墨西哥湾流中，那个出海三日，筋脱皮绽却只拖回一副比渔船还长的大鱼骨架而回航的老渔夫。

我们在一切往者身上看到自己。我们仿佛活了千千万万遍，我们仿佛经历了累世累劫。

那一切的人，是我们的前身。

但是，更多的时候，我在活着的人或物的身上看到我的前身。

当我走到山坳野洼，蓦然看到一妇人在路旁掘笋，我想哭，我觉得她是我自己。

我在车窗中偶然一瞥，田埂上有一朵成色十足的小金菊，我仿佛看到我自己。

竹篁里那座暗红色的小砖房，难道不是我的家吗？那晒着咸菜的大院落，不是我幼小时嬉戏的地方吗？

我要怎样说服你才能相信，那在山径上走来，在山上住了十几年居然没下山的老退役兵就是我，我曾在梦里重回那苹果园一百遍，但现在，他在那里，他替我活着。

我也是那溪涧中漠然的大石头，我走下水去，躺在石上，用石头的眼光仰观苍天俯视流水,我数着石头的脉息,我知道,我曾是它。

但是,更多更多的时候,我在孩子们的身上看到我的前身。

那个蹲在沟圳旁边抓鱼的小男孩,岂不就是我自己吗?

那个把一件裙子穿得揉七皱八不甘不愿走进学校大门的小女孩岂不就是我吗?

那个不肯走大路,偏偏东一个小巷,西一个小弄地去探险,并且紧跟着一个卖红色糖壳水果串的贩子,一路走一路咽口水的小家伙如果不是我还会是谁呢?

还有,那个喜欢和女伴分享一项秘密(而所谓秘密只不过是在某个墙角有着一丛极漂亮的凤尾蕨)的女孩,怎能不令我乍疑乍悲,觉得她就是我?

那挨了打在哭的孩子是我。

那托腮长坐,心里盘算着怎样打点一个小布包,脱离家庭去环游世界的小人儿是我。

那一边走,一边发愣地读着"阿里巴巴与四十大盗"的小鬼是我。

那把镍币捏在手里,又想买支仔冰,又想回家去乖乖地丢在存钱筒里的孩子是我。

我在一切今人古人和孩子以及万物中看到我自己,我的前身。

或者,有一天,也有人在我身上看到他自己吧!

第二辑

有个叫"时间"的家伙走过

酿酒的理由

春天，柠檬还没有上市，我就赶不及地做了两坛柠檬酒。

封坛的那天，心情极其郑重，我把那未酿成的汁液谛视良久，终于模糊地搞清楚自己为什么那么急，那么疯。

理由之一是自己刚从国外回来，很想重新拥有一份本土的芳醇。记得有一天，起得极早，只为去小店里喝一碗豆浆，并且吃那种厚实的菱形烧饼，或者在深夜到合适的露店里吃一份烤味噌鱼的消夜。每走在街上，两侧是复杂而"多元化"的食物的馨香。多么喜欢看见蒙古烤肉在素食店的隔壁，多么喜欢意大利饼和饺子店隔街对望，多么喜欢汉堡和四神汤各有其食客。对我而言，这种尊重各种胃的世界几乎已经就是大同世界的初阶了。爱一个地方的方法极多，其中最简单而直接的方法之一是"吃那个地方的食物"。对我而言，每一种食物都有如南洋的榴梿——那里的华人相信，只有爱上那种异味的人，才会真正甘心在那里徘徊流连。

如果一个人不爱上万峦猪脚、新竹贡丸、埔里米粉以及牛肉面、柠果、莲雾、百香果，我总不相信他真能踏实地爱台湾。

酿一坛酒就是把本土的糖、红标米酒和芳香馥人的柠檬搅和在一起，等待时间把它凝定成自己本土的气味。

理由之二是由于酿一坛酒的时候几乎觉得自己就是一个雏形的上帝——因为手中有一项神迹正在进行。古人以酒礼天，以酒奠亡灵，以酒祝婚姻，想必即是因为每一坛酒都是一项奥秘一度神迹一种介乎可成与可败之间、介乎可掌握与不可掌握之间的万般可能。凡人如我，怎么可能"参天地之化育""缔造化之神功"？但亲手酿一坛酒却庶几近之。那时候你会回到太古，创世纪才刚刚写下第一行，整个故事呼之欲出，一支笔蓄势待发，整张羊皮因等待被书写一段情节而无限地舒伸着……

理由之三是由于酒是一种"时间的艺术"，家中有了一坛初酿的酒，岁月都因期待而变得晃漾不安乃至美丽起来。人虽站在厨房的油烟里，眼睛却望着那坛酒，如同望着一个约会，我终于断定自己是一个饮与不饮都不重要的半吊子饮者。对我而言重要的反而是那份"期待的权利"，在微微的焦灼、不耐和甜蜜感中我日复一日隔着玻璃凝视封口之内的酒的世界。

仅仅只需着手酿一坛酒，居然就能取得一个国籍——在名为"希望"的那个国度里，世间还有比这种投资更划得来的事吗？

想当年那些绍兴人，在女儿一出世的时候便做下许多坛米酒埋在地窖里，好等女儿出嫁时用来待客，那其间有多么深婉的情意啊！那酒因而叫"女儿红"，真是好得不能再好的名字，令人想起桃花之坞，想起新荷之塘，想起水上琴弦以及故意俯身探到窗前来的月光，一样的使人再多一丝触想便要成泪。

想那些酿酒的母亲，心情不知是如何的？当酒色初艳，母亲的心究竟是乍喜抑或是乍悲？当女儿的头发愈来愈乌黑浓密，发下的脸愈来愈灿若流霞，大自然中一场大酝酿已经完成。酒已待倾，女儿正待嫁，待倾之酒明丽如女子的情泪，待嫁之女亦芳醇如乍启的潋滟，当此之时，做母亲的心情又是怎样的？

而我的柠檬酒并没有这等"严重性"，它仅仅只是六个礼拜后便可一试的浅浅的芳香。没有那种大喜大悲的沧桑，也不含那种亦快亦痛的宕跌——但也许这样更好一点，让它只是一桩小小的机密，一团悠悠的期待，恰如一沓介于在乎与不在乎之间可发表亦可不发表的个人手稿。

酿一坛酒使我和"时间"处得更好，每一个黄昏，当我穿过市馨与市尘回到这一小方宁馨的所在，我会和那亲爱的酒坛子打一声招呼说："嗨，你今天看起来比昨天更漂亮了！"

拥有一坛酒的人把时间残酷的减法演算成了仁慈的加法。这样看来一坛酒不只是一坛饮料，而且也是一件法器，一旦有了它，便可以玩出一套奇异的法术：让一切的消失返身重现，让一切的飞逝反成增加。拥有一坛酒的人是古代的史官，站在日日进行的情节前，等待记录一段历史的完成。

酿酒的理由之四是可以凭此想起以前的乃至以后的和此酒有关的友人，这样淡薄的饮料虽不值识者一笑，却也是许多欢聚中的一抹颜色，朋友的幽默，朋友的歌哭，朋友的睿智，乃至于他们的雄辩和缄默，他们的激扬和沉潜，他们的洒脱和朴质，都在松子色的酒光里一一重现。酒在未饮之前是神奇的预言书，在既饮之后则又是耐读的历史书。沿着酒杯的矿苗挖下去，你或者掘到朋友的长歌，或者触到朋友的泪痕，至少，你也会碰到朋友的恬淡——但无论如何你总不会碰到"空白"。

如此一来，还不该酿一坛酒吗？

酿酒的理由之五非常简单——我在酒里看到我自己,如果孔子是待沽的玉,则我便是那待斟的酒,以一生的时间去酝酿自己的浓度,所等待的只是那一霎的倾注。

安静的夜里,我有时把琉璃坛搬到桌上,像看一缸热带鱼一般盯着它看,心里想,这奇怪的生命,它每一秒钟的味道都和上一秒钟不同呢!一旦身为一坛酒,就注定是不安的、变化的、酝酿的。如果酒也有知,它是否也会打量皮囊内的我而出神呢?它或者会想:"那皮囊倒是一具不错的酒坛呢!只是不知道坛里的血肉能不能酝酿出什么来?"

那时候我多想大声地告诉它:

"是啊,你猜对了,我也是酒,酝酿中,并且等待一番致命的倾注!"

也许酿一坛酒,在四月,是一件好得根本可以不需要理由的事,可是,我恰好炼到一堆理由,特别记述如上,提供作为下次想酿酒时的借口。

包　子

　　有个亲戚死了,在遥远的故土。消息传来,已是半年之后,我的悲伤也因不合节拍而显得有些荒谬。何况彼此是远亲,毫无血缘关系。但毕竟我握过她枯纤如柴的老手,感觉过她泪水滴落在我腕上的温度,也曾惊讶地看她住在黑如地穴的破屋里,手捧一把小炭篮与之相依为命。毕竟我也曾为她去买她视为仙丹的西洋参丸,听她说凄凉的晚境……

　　然而,这个生命却消失了,微贱如蚁。

　　好些日子以来,我昼思夜梦的常是那老妇人被儿子恶吼一声的悲怔。

　　那天,我和丈夫去看她,时间是上午,我们谈了两小时的话,赶在中午以前离去。她依依不舍,抵死要留我们吃饭,但环堵萧然,她哪里有饭可供我们吃?不得已,她说:

　　"这么远来,不吃饭就走,怎么行?我到巷口买包子……"

　　忽然,她的儿子回过头来,愤然大骂一声:

　　"哼,包子!台湾来的人会吃你那包子!?"

　　老妇人立刻噤声了,我和丈夫一时也不敢回腔。那年轻人,西装笔挺，骑着威风的摩托车，时不时地跑深圳去做一票生意，有时赔有时赚，但老不够他花用。老母，则丢在那里任她自生自灭。

这老妇人，因为待客的盛情，一时忘了的那份自卑感，此刻给儿子一吼，全部自卑感立刻又恢复了。她视为美味的包子，此刻竟颓然成了粪土。她怒然站在那里，不安又惶愧，仿佛她真说错了话做错了事似的。

我当时心中暗怒激涌，恨不得大声骂回去，说：

"怎么样，我是台湾来的，但我就偏要吃这包子！我的嘴巴可能因为富裕的生活养刁了，我可能看这包子又肥又粗不堪入口，可是我还懂得礼数，我还知道对长辈的好意理该恭敬接受！"

但我终于按捺住，毕竟人家是母子，我若骂回去，虽逞了一时之快，恐怕长辈觉得连我这外人都如此贴心，想起儿子就更伤感。我只好说：

"下次吧！"

"你看，第一次来，什么都没吃，就要走……"她捉住我的手不放，老泪爬满一脸，"晓风，我第一次看到你呀，我一看你就知道你这人好，我是真喜欢你。唉，我也没东西送你，你看，饭也不吃，就要走……"

对她而言，我大概等于她所有在台湾的已死的和未死的亲戚，而那些亲戚长辈又代表着一切逝去的再也不肯回来的美好岁月。

我一面拍着她的背，一面喃喃保证：

"会再来的，会的，会的，你留步，下回来，我们去吃包子。"

"今天有事要走,下次来,一定吃你这包子。"

然而,有些事,是没有下次的了。老人撒手而去。

如果,有一天,你在某个穷僻的大陆巷落里,你在穿过公厕穿过破檐人家的窄道上,遇见一个奇怪的远方女子,手里拿着一团热腾腾的包子,一面流泪,一面咀嚼,那人,就是我。

——原载 1995 年 10 月 2 日台湾《人间副刊》

属于一枚咸鸭蛋的单纯

因为端午节来了,我遂下决心要去弄一只上好的咸鸭蛋来吃吃。

小小的一枚咸蛋,如果也要用"下决心"三字,未免言重了,但事实上却又的确如此。试想一个人生活里填满了堂皇的"正经事",诸如上课、演讲、撰稿,"买咸蛋"的愿望遂变得非常卑微而不入流——可是,我真的想吃一只单纯腴美的咸鸭蛋啊!

咸蛋真的买来了,在端午节的前一日,我端坐桌上觉得自己能安安静静吃一只咸蛋来配白饭,真是一件端午节的端正行为——相较于复杂的满桌盛馔。

所谓好咸蛋,不过是一枚好蛋,一把好盐,加上一点时间而已——奇怪的是市面上竟有九成以上的咸蛋完全不好吃。别说蛋,就连一碗好饭也难求,有一次在竹南山区里吃到极好的饭,于是惊问:

"这米哪来的,何处可以买?"

回答说:

"这是自己种的,不卖。留着自己吃。"

好咸蛋隔着蛋壳也能看见里面橙红橙红的卵仁,油滋含润,像云絮中裹着的一轮旭日,清而艳。

这小小的掌中旭日却也自有它的尊严,它必须单纯地活着,才有意义。把咸蛋和清粥或干饭并列,自有无限田园佳趣。但如果放它在茄汁明虾或北京烤鸭旁边,它立刻变得什么也不是了,恰如草莽布衣,一入庙堂便生机斫尽。

我只想单纯,而仅仅只求单纯的愿望,如今看来,好像也竟不单纯了。

炎 凉

我有一张竹席，每至五六月，天气渐趋暖和，暑气隐隐待作，我就把它找出来，用清茶的茶叶渣拭净了，铺在床上。

一年里面第一次使用竹席的感觉极好，人躺下去，如同躺在春水湖中的一叶小筏子上。清凉一波波来拍你入梦，竹席恍惚仍饱含着未褪尽的竹叶清香。

生命中的好东西往往如此，极便宜又极耐用。我可以因一张席而爱一张床，因一张床而爱一栋屋子，因一栋屋子而爱上一个城……

整个初夏，肌肤因贴近那清凉的卷云而舒缓自如。触觉之美有如闻高士说法，凉意沦肌浃髓而来。古人形容喻道之透辟，谓一时如天女散花。天女散花是由上而下，轻轻撒落——花瓣触人，没有重量，只有感觉。但人生某些体悟却是由下而上，仿佛有仙云来轻轻相托，令人飘然升浮。凉凉的竹席便有此功。一领清簟可以把人沉淀下来，静定下来，像空气中热腾腾的水雾忽然凝结在碧沁沁的一茎草尖而终于成为露珠。人在席上，也是如此。阿拉伯人牧羊，他们故事里的羊毛毯是可以飞的。中国人种地，对植物比较亲切。中国人用植物编的席子不飞——中国人想，飞了干吗呀？好好地躺在席子上不比飞还舒服吗？中国圣贤叫人拯救人民，其过程也无非是由"出民水火"到"登民衽席"。总之，世界上最好的事莫过于把自己或别人放在席子上了。初夏季节的我便如此心满意足地躺在我的竹席上。

可惜好景不长，到了七八月盛夏，情形就不一样了。刚躺下去还好，多躺一会儿，席子本身竟然也变热了。凉席会变热，天呢，这真是人间惨事。为了环保，我睡觉不用冷气，于是只好静静地和热浪僵持对抗。我反复对自己说："不热，不算太热，我还可以忍受，这也没什么大不了，哼，谁怕谁啊……"念着念着，也就睡着了。

然后，便到了九月，九月初席子又恢复了清凉。躺在席上，整个人摊开，霎时变成了片状，像一块金子捶成薄薄的金箔，我贪享那秋霜零落的错觉。

九月中，每每在一场冷雨之后，半夜乍然惊醒，是被背上的沁凉叫醒的——唉，这凉席明天该收了。我在黑暗中揣想，竹席如果有知，也会厌苦不已吧？七月嫌它热，九月又嫌它凉，人类也真难伺候。

想来一生或者也如此，曾经嫌日程排得太紧，曾经怨事情做个没完，曾经烦稿约演讲约不断，曾经大叹小孩子缠磨人……可是，也许，有一天，一切热过的都将乍然冷却下来，令人不觉打起寒战。

不过，也只好这样吧！让席子在该铺开的时候铺开，在该收卷的时候收卷。炎凉，本来就半点由不得人的。

饮啄篇

一饮一啄无不循天之功,因人之力,思之令人五内感激:至于一桌之上,含哺之恩,共箸之情,乡关之爱,泥土之亲,无不令人庄严——

白　柚

每年秋深的时候,我总要去买几只大白柚。

不知为什么,这件事年复一年地做着,后来竟变成一件郑重其事有如典仪一般的行为了。

大多数的人都只吃文旦,文旦是瘦小的,纤细的,柔和的,我嫌它甜得太软弱。我喜欢柚子,柚子长得极大,极重,不圆,简直可以算作是扁的,好的柚瓣总是涨得太大,把瓣膜都能涨破了,真是不可思议。

吃柚子多半是在子夜时分,孩子睡了,我和丈夫在一盏灯下慢慢地剥开那芳香噗人的绿皮。柚瓣总是让我想到宇宙,想到彼此牵绊互相契合的万类万品。我们一瓣一瓣地吃完它,情绪上几乎有一种虔诚。

人间原是可以丰盈完整，相与相洽，像一只柚子。

当我老时，秋风冻合两肩的季节，你，仍偕我去市集上买一只白柚吗？灯下一圈柔黄，两头华发渐渐相对成两岸的芦苇，你仍与我共食一只美满丰盈的白柚吗？

面包出炉时刻

我最不能抗拒的食物，是谷类食物。

面包、烤饼、剔圆透亮的饭粒都使我忽然感到饥饿。现代人从某种意义上来说是"吃肉的一代"，但我很不光采地坚持着喜欢面和饭。

有次，是下雨天，在乡下的山上看一个陌生人的葬仪，主礼人捧着一箩谷子，一边洒一边念，"福禄子孙——有喔——"忽然觉得眼眶发热，忽然觉得五谷真华丽，真完美，黍稷的馨香是可以上荐神明，下慰死者的。

是三十岁那年吧，有一天，正慢慢地嚼着一口饭，忽然心中一惊，发现满口饭都是一粒一粒的种子。一想到种子立刻凛然敛容，不知道吃的是江南哪片水田里的稻种，不知道是经过几世几劫，假多少手流多少汗才到了台湾，也不知道它是来自嘉南平原还是遍野甘蔗被诗人形容甜如"一块方糖"的小城屏东。但不管这稻米是来自何处，我都感激，那里面有叨叨絮絮的深情切意，从唐虞上古直说到如今。

我也喜欢面包，非常喜欢。

面包店里总是涨溢着烘焙的香味，我有时不买什么也要进去闻闻。

冬天的下午如果碰上面包出炉时刻真是幸福，连街上的空气都一时喧哗哄动起来，大师傅捧着个黑铁盘子快步跑着，把烤得黄脆焦香的面包神话似的送到我们眼前。

我尤其喜欢那种粗大圆涨的麸皮面包，我有时竟会傻里傻气地买上一堆。传说里，道家修仙都要"辟谷"，我不要"辟谷"，我要做人，要闻它一辈子稻香麦香。

我有时弄不清楚我喜欢面包或者米饭的真正理由，我是爱那淡白质朴远超乎酸甜苦辣之上的无味之味吗？我是爱它那一直是穷人粮食的贫贱出身吗？我是迷上了那令我恍然如见先民的神圣肃穆的情感吗？或者，我只是爱那炊饭的锅子乍掀、烤炉初启的奇异喜悦呢？

我不知道，我只知道在这个杂乱的世纪能走尽长街，去伫立在一间面包店里等面包出炉的一刹那，是一件幸福的事。

球与煮饭

我每想到那个故事，心里就有点酸恻，有点欢忭，有点惆怅无奈，却又无限踏实。

那其实不是一则故事，那是报尾的一段小新闻，主角是王贞治的妻子，那阵子王贞治正是热门，他的全垒打眼见要赶到美国某球员的前面去了。

他果真赶过去了，全日本守在电视机前的观众疯了！他的两个孩子当然更疯了！

事后照例有记者去采访，要王贞治的妻子发表感想——记者真奇怪，他们老是假定别人一脑子都是感想。

"我当时正在厨房里烧菜——听到小孩大叫，才知道的。"

不知道那是她生平的第几次烹调，孩子看完球是要吃饭的，丈夫打完球也是得侍候的，她日复一日守着厨房——没人来为她数记录，连她自己也没数过。世界上好像没有女人为自己的一日三餐数算过记录。一个女人如果熬到五十年金婚，她会烧五万四千多顿饭，那真是疯狂，女人硬是把小小的厨房用馨香的火祭供成了庙宇了。她自己是终身以之的祭司，比任何僧侣都虔诚，一日三举火，风雨寒暑不断，那里面一定有些什么执着，一定有些什么令人落泪的温柔。

让全世界去为那一棒疯狂，对一个终身执棒的人而言，每一棒全垒打和另一棒全垒打其实都一样，都一样是一次完美的成就，但也都一样可以是一种身清气闲不着意的、有如呼吸一般既神圣又自如的一击。东方哲学里一切的好都是一种"常"态，"常"字真好，有一种天长地久无垠无限的大气魄。

那一天，全日本也许只有两个人没有守在电视机前，只有两个人没有盯着记录牌看，只有两个人没有发疯，那是王贞治的妻子和王贞治自己。

香　椿

香椿芽刚冒上来的时候，是暗红色，仿佛可以看见一股地液喷上来，把每片嫩叶都充了血。

每次回屏东娘家，我总要摘一大抱香椿芽回来。孩子们都不在家，老爸老妈坐对四棵前后院的香椿，当然是来不及吃的。

记忆里妈妈不种什么树，七个孩子已经够排成一列树栽子了，她总是说"都发了人了，就发不了树啦！"可是现在，大家都走了，爸妈倒是弄了前前后后满庭的花，满庭的树。

我踮起脚来，摘那最高的尖芽。

不知为什么，椿树在传统文学里被看作一种象征父亲的树。对我而言，椿树是父亲，椿树也是母亲，而我是站在树下摘树芽的小孩。那样坦然地摘着，那样心安理得地摘，仿佛做一棵香椿树就该给出这些嫩芽似的。

年复一年我摘取，年复一年，那棵树给予。

我的手指已习惯于接触那柔软潮湿的初生叶子的感觉，那种攀摘令人惊讶浩叹，那不胜柔弱的嫩芽上竟仍把得出大地的脉动，所有的树都是大地单向而流的血管，而香椿芽，是大地最细致的微血管。

我把主干拉弯，那树忍着，我把枝杈扯低，那树忍着，我把树芽采下，那树默无一语。我撇下树回头走了，那树在伤痕上自己努力结了疤，并且再长新芽，以供我下次攀摘。

我把树芽带回台北，放在冰箱里，不时取出几枝，切碎，和蛋，炒得喷香的，放在餐桌上，我的丈夫和孩子争着嚷说炒得太少了。

我把香椿夹进嘴里，急急地品味那奇异的芳烈的气味，世界仿佛一霎时凝止下来，浮士德在魔鬼给予的种种尘世欢乐之后仍然迟迟说不出口的那句话，我觉得我是能说的：

"太完美了，让时间在这一瞬间停止吧！"

不纯是为了那树芽的美味，而是为了那背后种种因缘，岛上最南端的小城，城里的老宅，老宅的故园，园中的树，象征父亲也象征母亲的树。

万物于人原来是可以如此亲和的。吃，原来也可以是像宗教一般庄严肃穆的。

韭菜合子

我有时绕路跑到信义路四段，专为买几个韭菜合子。

我不喜欢油炸的那种，我喜欢干炕的。买韭菜合子的时候，心情照例是开朗的，即使排队等也觉高兴——因为毕竟证明吾道不孤，有那么多人喜欢它！我喜欢看那两个人合作无间地一个擀，一个炕，那种美好的搭配间仿佛有一种韵律似的。那种和谐不下于钟跟鼓的完美互足，或日跟夜的循环交替。

我其实并不喜欢韭菜的冲味，但却仍旧去买——只因为喜欢买，喜欢看热烫鼓腹的合子被一把长铁叉翻取出来的刹那。

我又喜欢"合子"那两个字，一切"有容"的食物都令我觉得神秘有趣，像包子、饺子、春卷，都各自含容着一个奇异的小世界，像宇宙包容着银河，一只合子也包容着一片小小的乾坤。

合子是北方的食物，一口咬下仿佛能咀嚼整个河套平原，那些麦田，那些杂粮，那些硬茧的手！那些一场骤雨乍过在后院里新剪的春韭。

我爱这种食物。

有一次，我找到漳州街，去买山东煎饼（一种杂粮混制的极薄的饼），但去晚了，房子拆了，我惆怅地站在路边，看那跋扈的大厦傲然地在搭钢筋，我不知到哪里去找那失落的饼。

而韭菜合子侥幸还在满街贩卖。

我是去买一样吃食吗？抑是去找寻一截可以摸可以嚼的乡愁？

瓜　子

丈夫喜欢瓜子，我渐渐也喜欢上了，老远地跑到西宁南路去买，只为他们在封套上印着"徐州"两个字。徐州是我没有去过的故乡。

人是一种麻烦的生物。

我们原来不必有一片屋顶的，可是我们要。

屋顶之外原来不必有四壁的，可是我们要。

四壁之间又为什么非有一盏秋香绿的灯呢？灯下又为什么非有一张桌子呢？桌子上摆完了三餐又为什么偏要一壶茶呢？茶边凭什么非要一碟瓜子不可呢？

可是，我们要，因为我们是人。我们要属于自己的安排。

欲求，也可以是正大光明的，也可以是"此心可质天地"的。偶尔，夜深时，我们各自看着书或看着报，各自嗑着瓜子，有一搭没一搭地聊着，上一句也许是愁烦小女儿不知从哪里搞来一只猫，偷偷放在阳台上养，中间一句也许是谈一个二十年前老友的婚姻，而下面一句也许忽然想到组团到美国演出还差多少经费。

我们说着话，瓜子壳渐渐堆成一座山。

许多事，许多情，许多说了的和没说的全在嗑瓜子的时刻完成。

孩子们也爱瓜子,可是不会嗑,我们把嗑好的白白的瓜子仁放在他们白白的小手上,他们总是一口吃了,回过头来说:"还要!"

我们笑着把他们支走了。

嗑瓜子对我来说是过年的项目之一。小时候,听大人说:"有钱天天过年,没钱天天过关。"

而嗑瓜子让我有天天过年的错觉。

事实上,哪一夜不是除夕呢?每一夜,我们都要告别前身,每一黎明,我们都要面对更新的自己。

今夜,我们要不要一壶对坐,就着一灯一桌共一盘瓜子,说一兜说不完的话?

蚵仔面线

我带小女儿从永康街走过,两侧是饼香葱香以及烤鸡腿烤玉米烤番薯的香。

走过"米苔目"和肉粽的摊子,我带她在一锅蚵仔面线前站住。

"要不要吃一碗?"

她惊奇地看着那黏糊糊的面线,同意了,我给她叫了一碗,自己站在旁边看她吃。

她吃完一碗说:

"太好吃了,我还要一碗!"

我又给她叫一碗。

以后,她变成了蚵仔面线迷,又以后,不知怎么演变的,家里竟走出了一个法定的蚵仔面线日，规定每星期二一定要带他们吃一次，作为宵夜。这件事原来也没有认真，但直到有一天，因为有事不能带他们去，小女儿竟委屈地躲在床上偷哭，我们才发现事情原来比我们想象的要顶真。

那以后，到了星期二，即使是下雨，我们也只得去端一锅回来。不下雨的时候，我们便手拉手地去那摊边坐下，一边吃，一边看满街流动的彩色和声音。

一碗蚵仔面线里，有我们对这块土地的爱。

一个湖南人，一个江苏人，在这个岛上相遇，相爱，生了一儿一女，四个人坐在街缘的摊子上，摊子在永康街（多么好听的一条街！）。而台北的街市总让我又悲又喜，环着永康的是连云，是临沂，是丽水，是青田（出产多么好的石头的地方啊！）而稍远的地方有属于孩子妈妈原籍的那条铜山街，更远一点，有属于孩子父亲的长沙街，我出生的地方叫金华，金华如今是一条街，我住过的地方是重庆、南京和柳州，重庆、南京和柳州也各是一条路。临别那块大陆是在广州，一到广州街总使我黯然。下船的地方是基隆，奇怪，连基隆也有一条路。

台北的路伸出纵横的手臂抱住中国的版图，而台北却又不失其为台北。

只是吃一碗蚵仔面线，只是在小小窄窄的永康街，却有我们和我们儿女对这块土地无限的爱。

衣履篇

人生于世，相知有几？而衣履相亲，亦凉薄世界中之一聚散也——

羊毛围巾

所有的巾都是温柔的，像汗巾、丝巾和羊毛围巾。

巾不用剪裁，巾没有形象，巾甚至没有尺码，巾是一种温柔得不会坚持自我形象的东西，它被捏在手里，包在头上，或绕在脖子上，巾是如此轻柔温暖，令人心疼。

巾也总是美丽的，那种母性的美丽，或抽纱或绣花，或泥金或描银，或是织棉，或是钩纱，巾总是美得那么细腻娴雅。

而这个世界是越来越容不下温柔和美丽了，罗伯特·泰勒死了，史都华·格兰杰老了，费·雯丽消失了，取代的是查理士·布朗逊，是〇〇七，是冷硬的简·芳达和费·唐娜薇。

唯有围巾仍旧维持着一份古典的温柔，一份美。

我有一条浅褐色的马海羊毛围巾，是新春去了壳的大麦仁的颜色，错觉上几乎嗅得到麸皮的干香。

即使在不怎么冷的日子，我也喜欢围上它，它是一条不起眼的围巾，但它的抚触轻暖，有如南风中的琴弦，把世界遗留在恻恻轻寒中，我的项间自有一圈暖意。

忽有一天，在惯行的山径上走，满山的芒草柔软地舒开，怎样的年年芒色啊！这才发现五节芒和我的羊毛围巾有着相同的色调和触觉，秋山寂清，秋容空寥，秋天也正自搭着一条芒巾吧，从山巅绕到低谷，从低谷拖到水湄，一条古旧温婉的围巾啊！

以你的两臂合抱我，我的围巾，在更冷的日子你将护住我的两耳焐着我的发。你照着我的形象而委屈地折叠你自己，从左侧环护我，从右侧萦绕我，你是柔韧而忠心的护城河，你在我的坚强梗硬里纵容我，让我也有些小小的柔弱，小小的无依，甚至小小的撒娇作痴。你在我意气风发飘然上举几乎要破躯而去的时候，静静地伸手挽住我，使我忽然意味到人世的温情，你使我猝然间软化下来，死心塌地留在人间。如山，留在茫茫扑扑的草阵里。

巾真的是温柔的，人间所有的巾，以我的那一条。

背　　袋

我有一个背袋，用四方形碎牛皮拼成的，我几乎天天背着，一背竟背了五年多了。

每次用破了皮，我到鞋匠那里请他补，他起先还背，渐渐地就好心地劝我不要太省了。

我拿它去干洗，老板娘含蓄地对我一笑，说："你大概很喜欢这个包吧?"

我说:"是啊!"

她说:"怪不得用得这么旧了!"

我背着那包,在街上走着,忽然看见一家别致的家具店,我一走进门,那闲坐无聊的小姐忽然迎上来,说:

"咦,你是学画的吧?"

我坚决地摇摇头。

不管怎么样,我舍不得丢掉它。

它是我所有使用过的皮包里唯一可以装得下一本《辞源》,外加一个饭盒的,它是那么大,那么轻,那么强韧可信。

在东方,囊袋常是神秘的,背袋里永远自有乾坤,我每次临出门把那装得鼓胀的旧背袋往肩上一搭,心中一时竟会万感交集起来。

多少钱,塞进又流出,多少书,放进又取出,那里面曾搁入我多少次午餐用的面包,又有多少信,多少报纸,多少学生的作业,多少名片,多少婚丧喜庆的消息在其中伫足而又消失。

一只背袋简直是一段小型的人生。

曾经,当孩子的乳牙掉了,你匆匆将它放进去。曾经,山径上迎面栽跌下一枚松果,你拾了往袋中一塞。有的时候是一叶青蕨,有的时候是一捧贝壳,有的时候是身份证、护照、公车票,有的时候是给那人买的袜子、熏鸡、鸭肫或者阿司匹林。

我爱那背袋,或者是因为我爱那些曾经真真实实发生过的生活。

背上袋子,两手就是空的,空了的双手让你觉得自在,觉得有无数可以掌握的好东西,你可以像国画上的隐士去策杖而游,你可以像英雄擎旗而战,而背袋不轻不重地在肩头,一种甜蜜的牵绊。

夜深时,我把整好的背袋放在床前,爱怜地抚弄那破旧的碎皮,像一个江湖艺人在把玩陈旧的行头,等待明晨的冲州撞府。

明晨,我仍将背上我的背袋去逐明日的风沙。

穿风衣的日子

香港人好像把那种衣服叫成"干湿褛",那实在也是一个好名字,但我更喜欢我们在台湾的叫法——风衣。

每次穿上风衣,我会莫名其妙地异样起来,不知为什么,尤其刚扣好腰带的时候,我在错觉上总怀疑自己就要出发去流浪。

穿上风衣,只觉风雨在前路飘摇,小巷外有万里未知的路在等着,我有着一蓑烟雨任平生的莽莽情怀。

穿风衣的日子是该起风的,不管是初来乍到还不惯于温柔的春风,或是绿色退潮后寒意陡起的秋风。风在云端叫你,风透过千柯万叶以苍凉的颤音叫你,穿风衣的日子总无端地令人凄凉——但也因而无端地令人雄壮。

穿了风衣,好像就该有个故事要起头了。

必然有风在江南,吹绿了两岸,两岸的杨柳帷幕……

必然有风在塞北,拨开野草,让你惊见大漠的牛羊……

必然有风像旧戏中的流云彩带,圆转柔和地圈住一千一百万平方公里的海棠残叶。

必然有风像歌,像笛,一夜之间散遍洛城。

曾翻阅过汉高祖的白云的，曾翻阅唐玄宗的牡丹的，曾翻阅陆放翁的大散关的，那风，今天也翻阅你满额的青发，而你着一袭风衣，走在千古的风里。

风是不是天地的长喟？风是不是大块在血气涌腾之际搅起的不安？

风鼓起风衣的大翻领，风吹起风衣的下摆，刷刷地打我的腿。我瞿然四顾，人生是这样辽阔，我觉得有无限渺远的天涯在等我。

旅行鞋

那双鞋是麂皮的，黄铜色，看起来有着美好的质感，下面是软平的胶底，足有两公分厚。

鞋子的样子极笨，秃头，上面穿鞋带，看起来牢靠结实，好像能穿一辈子似的。

想起"一辈子"，心里不免怆然暗惊，但惊的是什么，也说不上来，一辈子到底是什么意思，半生又是什么意思？七十年是什么？多于七十或者少于七十又是什么？

每次穿那鞋，我都忍不住问自己，一辈子是什么？我拼命思索，但我依然不知道一辈子是什么。

已经四年了，那鞋秃笨厚实如昔，我不免有些恐惧，会不会，有一天，我已老去，再不能赴空山灵雨的召唤，再不能一跃而起前赴五湖三江的邀约，而它，却依然完好。

事实上，我穿那鞋，总是在我心情最好的时候，它是一双旅行鞋，我每穿上它，便意味着有一段好时间好风光在等我，别的鞋底惯于踏一片黑沉沉的柏油,但这一双,踏的是海边的湿沙,岸上的紫岩,它踏过山中的泉涧,踱尽林下的月光。但无论如何,我每见它时,总有一丝怅然。

也许不为什么,只为它是我唯一穿上以后真真实实去走路的一双鞋,只因我们一起踩遍花朝月夕万里灰沙。

或穿或不穿,或行或止,那鞋常使我惊奇。

牛仔长裙

牛仔布,是当然该用来作牛仔裤的。

穿上牛仔裤显然应该属于另外一个世界,但令人讶异的是牛仔布渐渐地不同了,它开始接受了旧有的世界,而旧世界也接受了牛仔布,于是牛仔短裙和牛仔长裙出现了。原来牛仔布也可以是柔和美丽的,牛仔马甲和牛仔西装上衣、牛仔大衣也出现了,原来牛仔布也可以是典雅庄重的。

我买了一条牛仔长裙,深蓝的,直拖到地,我喜欢得要命。旅途中,我一口气把它连穿七十天,脏了。就在朋友家的洗衣机里洗好、烘好,依旧穿在身上。

真是有点疯狂。

可是我喜欢带点疯狂时的自己。

所以我喜欢那条牛仔长裙,以及穿长裙时候的自己。

对旅人而言,多余的衣服是不必的,没有人知道你昨天穿什么,所以,今天,在这个新驿站,你有权利再穿昨天的那件,旅人是没有衣橱没有穿衣镜的,在夏天,旅人可凭两衫一裙走天涯。

假期结束时,我又回到学校,牛仔长裙挂起来,我规规矩矩穿我该穿的衣服。

只是,每次,当我拿出那条裙子的时候,我的心里依然涨满喜悦,穿上那条裙子,我就不再是母亲的女儿或女儿的母亲,不再是老师的学生或学生的老师,我不再有任何头衔任何职位。我也不是别人的妻子,不必管那四十二坪的公寓。牛仔长裙对我而言渐渐变成了一件魔术衣,一旦穿上,我就只是我,不归于任何人,甚至不隶属于大化。因为当我一路走,走入山,走入水,走入风,走入云,走着,走着,事实上竟是根本把自己走成了大化。

那时候,我变成了无以名之的我,一径而去,比无垠雪地上身披猩红斗篷的宝玉更自如,因为连左右的一僧一道都不存在。我只是我,一无所系,一无所属,快活得要发疯。

只是,时间一到,我仍然回来,扮演我被同情或被羡慕的角色,我又成了有以名之的我。

我因此总是用一种异样的情感爱我的牛仔长裙,以及身系长裙时的自己。

项　　链

温柔之必要

肯定之必要

一点点酒和木樨花之必要

那句子是痖弦说的。

项链,也许本来也是完全不必要的一种东西,但它显然又是必要的,它甚至是跟人类文明史一样长远的。

或者是一串贝壳,一枚野猪牙,或者是埃及人的黄金项圈,或者是印第安人的天青色石头,或者是中国人的珠圈玉坠,或者是罗马人的古钱,以至土耳其人的宝石……项链委实是一种必要。

不单项链,一切的手镯、臂钏,一切的耳环、指环、头簪和胸针,都是必要的。

怎么可能有女孩子会没有一只小盒子呢?

怎么可能那只盒子里会没有一圈项链呢?

田间的番薯叶,堤上的小野花,都可以是即兴式的项链,而做小女孩的时候,总幻想自己是美丽的。吃完了释迦果,黑褐色的种子是项链;连爸爸抽完了烟,那层玻璃纸也被扭成花样,串成一环,那条玻璃纸的项链终于只做成半串,爸爸的烟抽得太少,而我长大得太快。

渐渐地,也有了一盒可以把玩的项链了,竹子的、木头的、石头的、陶瓷的、骨头的、果核的、贝壳的、镶嵌玻璃的,总之,除了一枚值四百元的玉坠,全是些不值钱的东西。

可是,那盒子有多动人啊!

小女儿总是瞪大眼睛看那盒子,所有的女儿都曾喜欢"借用"妈妈的宝藏,但她真正借去的,其实是妈妈的青春。

我最爱的一条项链是骨头刻的(刻骨两个字真深沉,让人想到刻骨铭心,而我竟有一枚真实的刻骨,简直不可思议),以一条细皮革系着,刻的是一个拇指大的襁褓中的小娃娃,圆圆扁扁的脸,可爱得要命。买的地方是印第安村,卖的人也说刻的是印第安婴儿,因为只有印第安人才把娃娃用绳子绑起来养。

我一看,几乎失声叫起来,我们中国娃娃也是这样的呀,我忍不住买了。

小女儿问我那娃娃是谁,我说:

"就是你呀!"

她仔细地看了一番,果真相信了,满心欢喜兴奋,不时拿出来摸摸弄弄,真以为就是她自己的塑像。

我其实没有骗她,那骨刻项链的正确名字应该叫做"婴儿",它可以是印第安的婴儿,可以是中国婴儿,可以是日本婴儿,它可以是任何人的儿子、女儿,或者它甚至可以是那人自己。

我将它当胸而挂,贴近心脏的高度,它使我想到"彼亦人子也",我的心跳几乎也因此温柔起来,我会想起孩子极幼小的时候,想起所有人类在襁褓中的笑容。

挂那条项链的时候,我真的相信,我和它,彼此都美丽起来了。

红绒背心

那件红绒背心是我怀孕的时候穿的,下缘极宽,穿起来像一口钟。

那原是一件旧衣,别人送给我的,一色极纯的玫瑰红,大口袋上镶着一条古典的花边。

其他的孕妇装我全送人了,只留下这一件舍不得,挂在贮藏室里。它总是牵动着一些什么,平伏着一些什么。

怀孕的日子里那些不快不知为什么,想起来都模糊了。那些疼痛和磨难竟然怎么想都记不真切。真奇怪，生育竟是生产的人和被生的人都说不清楚过程的一件事。

而那样惊天动地的过程，那种参天地之化育的神秘经验，此刻几乎等于完全不存在了，仿佛星辰，你虽知道它在亿万年前成形，却完全不能重复那份记忆，你只见日升月恒，万象回环，你只觉无限敬畏。世上的事原来是可以在混沌噩然中称其为美好的。

而那件红绒背心悬在那里，柔软鲜艳，那样真实，让你想起自己怀孕时期像一块璞石含容着一块玉的旧事。那时，曾有两脉心跳，交响于一副胸膛之内——而胸膛，在火色迸发的红绒背心之内。对我而言，它不是一件衣服，而是孩子的"创世纪"，我每怔望着它，就重温小胎儿在腹中来不及地膨胀时的力感。那时候，作为一个孕妇，怀着的竟是一个急速增大的银河系。真的，那时候，所有的孕妇是宇宙，有万种庄严。

而孩子大了，在那里自顾自地玩着他的集邮册或彩色笔。一年复一年，寒来暑往，我整衣服的时候，总看见那像见证人似的红绒背心悬在那里，然后，我习惯地转眼去看孩子，我感到寂寥和甜蜜。

人　日

一年三百六十五天，其中不免有些是节日。说到节日，就立刻有民族之分。天下各族，有人爱泼水节，有人爱对着月亮吃甜饼，有人爱叫小孩晚上扮鬼去讨糖吃……

我要说的是，有个民族定了一天叫"人日"。"人日"？是"人权日"吗？不是，没那么正经八百，就只是"人的日子"。"人日"是哪一天呢？是农历正月初七，刚过完年，第七天。哦，你大概知道了，这是老中的节日。但是，为什么我不说它是汉人的节日呢？因为我对它的"汉成分"有点怀疑，它的资料见于《荆楚岁时记》，听起来不是"高尚黄河流域"的产物，比较是属于"新兴长江流域南蛮子"的勾当。此书写于五六世纪间，作者宗懔本身虽是河南人，却以"外省人"的身份住在湖北，那是北人南走的时代，他兴味盎然地记录"人日"这一天的民间活动：

第一，把七种青菜煮成蔬菜汤。

第二，用剪刀剪丝绸为人形，用小刀缕金箔为人形贴在屏风上为装饰。

第三，这些装饰也可以戴在头上。

第四，做些"华胜"彼此相赠。"华胜"等于"花胜"，其实也等于"人胜"，温庭筠在花间词的第二首词便有"人胜参差剪"之句。

第五，登高赋诗。

这个风俗，唐人宋人诗中常提起，宋代学者和清代学者也一再提起，这个属于南方族群的节日看来已纳入全体华人体系。我喜欢这个节日的另一个理由是"人日"不是孤零零的日子，它和其他节日合起来变成了"节庆季"，其节庆次序如下：第一天是鸡日，第二天以后分别是狗、羊、猪、牛、马、人日，这种安排简直有点像是为家庭农场设计的，每天都有一种动物跳出来做节日主角，真是聪明的构想。另有一说是，这些日子多加一天，第八天属于植物，叫谷日——这样说来，整个新年期间，把重要的动物、植物都搬上场了。人类不管多了不起，在新年节庆里他也只是七分之一或八分之一的分量罢了。

这种安置手法简直和《圣经·创世纪》类似，第一日（今以星期日象喻）造光源，第二天以后分别是空气、水陆、植物、日月星辰，以及飞鸢跃鱼以及昆虫野兽，而最后一天，星期六，上帝创造了休息……而人，是最后末儿，比其他生物来得晚，我们是"万物之一"，而不是"万物之灵"。

在众多的人日歌吟中李商隐的极写实，"镂金作胜传荆俗，翦彩为人起晋风"。苏东坡的"七种共挑人日菜，千枝先剪上元灯"也十分扣住主题。张继的"人日兼春日，长怀复短怀。遥知双彩胜，并在一金钗"也颇令人对远方幽居的美人有诸多想象。但最令我动容的还是诗人高适寄给诗人杜甫的《人日诗》，那时杜甫逃难住成都，高适在蜀州任刺史，他寄杜甫的诗（三之一）

如下：

> 人日题诗寄草堂，
> 遥怜故人思故乡。
> 柳条弄色不忍见，
> 梅花满枝空断肠。

许多年后，高适去世，杜甫收拾旧文物，忽然拣出这首好久以来没找到的诗，当下不胜依依，也作三首追酬高适，其中第一首如下：

> 自蒙蜀州人日作，
> 不意清诗久零落。
> 今晨散帙眼忽开，
> 迸泪幽吟事如昨。

就在那年冬天，杜甫也走了，留下的是诗，以及诗人和诗人之间的情谊。

如果我是个有权力的人，我会请"行政院长"订个"人日"节，如果我权力更大，我会要求全世界的人都来过此节。当天吃七种青菜，登高赋诗，剪漂亮的彩色或金色的人形，并且，十分高兴地想起：

"啊呀，今天是人日——而我，我真的是个人哦！"

——原载 2009 年 3 月 31 日台湾《人间副刊》

龙，在药店里

龙，这种只闻其名，却未见其形的古生物，它，到底生存在哪种空间里呢？当然，它是神物，宜乎见首不见尾，并保有其神秘性。所以，它可能在天，可能在野，可能在河，也可能在海。它可以在长空而为云为雨，也可以在海洋而为浪为鲛……

一八九九，大清帝国落幕前十二年，有位学者名叫王懿荣，他因小恙，去中药铺抓了药回来煎煮。当时文人多半懂些药理（或自认为懂，可参看钱锺书的小说《围城》，书中主角方鸿渐的父亲爱给家仆开药方）。这位王懿荣也就来检查一下自己所服之药的成分。其中有味药便是"龙骨"，龙骨治什么？似乎用于安神，龙骨为什么能安神？我猜是含有钙成分。

这王懿荣是光绪年间的进士，是个文字学者，他当时一看手上的龙骨，顿时大惊，因为龙骨上面居然有字！这跟传说中牛顿遭下坠苹果打中头部一样，都是"历史上重要的一秒钟"。这龙骨上的古怪花纹，如果落在你我眼中，我们大概也只会暗叫一声古怪，至于迷信的家伙大概要以为是吉兆或凶兆。但王懿荣一眼就看出这笔画必然和古文字有关。所幸他又有钱，于是重金求购,搜集了第一批私人收藏的甲骨文。其后研究这门学问的人很多,如孙诒让、刘鹗、罗振玉、王国维,甚至日本的林泰辅,加拿大的明义士,皆各有成就。

不过,有学问的文字学者重视的是甲骨"文",那里可以看到文字更远古的脉络,对历史有兴趣的人更因而可以考察风俗了解民情。我却只对"甲骨"着迷,不,其实只有对"骨"着迷。甲是指乌龟的腹甲,骨是略呈三角形的牛的肩胛骨。

不知是不是"龙骨"让人吃得愈来愈少了(其实,我在迪化街中药铺还买到"五彩龙骨"和"白龙骨",看来是钙化了的古生物骨骼),后来就挖到牛的肩胛骨也算它是龙骨了。中医开处方,似乎是汉以后的事,不知历世历代国人吃了多少地下的龙族骨骼或牛骨骼?

宋代的郭茂倩编了一本《乐府诗集》,书中收了南朝的《读曲歌》共八十九首,其中第三十五首便是讲"药店龙"的。可见那时的龙骨已经很普遍入药了。那首诗十分缠绵,比喻也用得出奇,口吻却是女子的,她说:

自从别郎后,卧宿头不举。
飞龙落药店,骨出只为汝。

曾经,当你在我身边的时候,我是多么意气风发啊!但你走了,我忽然像一只死去的龙,沦落药铺。死去的龙变成龙骨在出售,而我为思念你也消瘦嶙峋,眼看着就要一把骨头都冒出来了。

另外唐人李商隐也有《垂柳》诗(或作唐彦谦作),摹拟女子的幽怨如下：

> ……
>
> 怨目明秋水，愁眉淡远峰。
> 小阑花尽蝶，静院醉醒蛩。
> 旧作琴台凤，今为药店龙。
> 宝奁抛掷久，一任景阳钟。

其中倒数第三句"今为药店龙"（供人熬药），也是极感伤的句子。

不去想甲骨"文"，却去想龙"骨"，由龙骨又想到千古女子因情而生的千种困境和万般忧凄，看来我真不是个好学者的料。

龙落浅水，当然可悲。龙落药店，更是惨伤无望，万劫不复。这当然是古代女子的不幸处境——不过，难道真的只有古代女子如此不幸吗？

——原载 2008 年 11 月 3 日台湾《人间副刊》

月,阙也

"月,阙也。"那是一本两千年前的文学专书的解释。阙,就是"缺"的意思。

那解释使我着迷

曾国藩把自己的住所题作"求阙斋",求缺?为什么?为什么不求完美?

那斋名也使我着迷。

"阙"有什么好呢?"阙"简直有点像古中国性格中的一部分,我渐渐爱上了阙的境界。

我不再爱花好月圆了吗?不是的,我只是开始了解花开是一种偶然,但我同时学会了爱它们月不圆花不开的"常态"。

在中国的传统里,"天残地缺"或"天聋地哑"的说法几乎是毫无疑问地被一般人所接受。也许由于长期的患难困顿,中国神话中对天地的解释常是令人惊讶的。

在《淮南子》里,我们发现中国的天空和中国的大地都是曾经受伤的。女娲以其柔和的慈手补缀抚平了一切残破。当时,天穿了,女娲炼五色石补了天。地摇了,女娲折断了神鳌的脚爪垫稳了四极（多像老祖母叠起报纸垫桌子腿）。她又像一个能干的主妇，扫了一堆芦灰，止住了洪水。

中国人一直相信天地也有其残缺。

我非常喜欢中国西南部某些族的神话，他们说，天地是男神女神合造的。当时男神负责造天，女神负责造地。等他们各自分头完成了天地而打算合在一起的时候，可怕的事发生了：女神太勤快，她们把地造得太大，以至于跟天没办法合得起来了。但是，他们终于想到了一个好办法，他们把地折叠了起来，形成高山低谷，然后，天地才虚合起来了。

是不是西南的崇山峻岭给他们灵感，使他们想起这则神话呢？

天地是有缺陷的，但缺陷造成了褶皱，褶皱造成了奇峰幽谷之美。月亮是不能常圆的，人生不如意事十常八九；当我们心平气和地承认这一切缺陷的时候，我们忽然发觉没有什么是不可以接受的。

在另一则汉民族的神话里，说到大地曾被共工氏撞不周山时撞歪了——从此"地陷东南"，长江黄河便一路浩浩淼淼地向东流去，流出几千里地惊心动魄的风景。而天空也在当时被一起撞歪了，不过歪的方向相反，是歪向西北，据说日月星辰因此哗啦一声大部分都倒到那个方向去了。如果某个夏夜我们抬头而看，忽然发现群星灼灼然的方向，就让我们相信，属于华夏的天空是"天倾西北"的吧！

五千年来，汉民族便在这歪倒倾斜的天地之间挺直脊骨生活下去，只因我们相信残缺不但是可以接受的，而且是美丽的。

而月亮，到底曾经真正圆过吗？人生世上其实也没有看过真正圆的东西。一张葱油饼不够圆，一块镍币也不够圆。即使是圆规画的圆，如果用高度显微镜来看也不可能圆得很完美。

真正的圆存在于理念之中，而在现实的世界里，我们只能做圆的"复制品"。就现实的操作而言，一截圆规上的铅笔芯在画圆的起点和终点时，已经粗细不一样了。

所有的天体远看都呈球形，但并不是绝对的圆，地球是约略近于椭圆形。

就算我们承认月亮约略的圆光也算圆，它也是"方其圆时，即其缺时"。有如十二点整的钟声，当你听到钟声时，已经不是十二点了。

此外，我们更可以换个角度看，我们说月圆月阙其实是受我们有限的视觉所欺骗。有盈虚变化的是月光，而不是月球本身。月何尝圆，又何尝缺，它只不过像地球一样不增不减地兀自圆着——以它那不十分圆的圆。

花朝月夕，固然是好的，只是真正的看花人在哪一刻不能赏花？在初生的绿芽嫩嫩怯怯地探头出土时，花已暗藏在那里。当柔软的枝条试探地在大气中舒手舒脚时，花隐在那里。当蓓蕾悄然结胎时，花在那里。当花瓣怒张时，花在那里。当香销红黶委地成泥的时候，花仍在那里。当一场雨后只见满丛绿肥的时候，花还在那里。当果实成熟时，花恒在那里，甚至当果核深埋地下时，花依然在那里……

或见或不见，花总在那里。或盈或缺，月总在那里。不要做一朝的看花人吧！不要做一夕的赏月人吧！人生在世哪一刻不美好完满？哪一刹不该顶礼膜拜感激欢欣呢？

因为我们爱过圆月，让我们也爱缺月吧——它们原是同一个月亮啊！

一双小鞋

说起来,我的收藏品多半是路边捡来的,少半是以极便宜的价钱买的。只有偶然一两件是贵东西,其中一件是双旧鞋子。挂在墙上,非常不起眼,却花了我大约五千元台币。

我之所以买那双鞋是因为那是双旧式的小脚女人的鞋子。小鞋子我倒也看过许多,博物馆里有那小鞋绣得五彩斑斓,耀目生辉,大小差不多只够塞一只男人的大拇指,真是不可思议。其实那种鞋不是人穿的,是女信徒做来供奉给神明穿的——当然是供给女性神明。至于中国女人为什么认为女神也是裹小脚的?倒也费人思索,值得写出一本大书来。

而我买的这双鞋长度大约十六七公分,是女人穿的,而且穿得有些旧了。我把它挂在一块木板上,木板上还有另外收藏的六双鞋,多半是些小孩的虎头鞋凤头鞋,色泽活泼鲜丽。只有这双鞋,灰扑扑的,仿佛京剧里的苦旦穿着它走了千里万里了。每一根经线都是忍耐,每一根纬线都是苦熬。

我买这样一双鞋,挂在那里,是提醒我自己,女人,曾经是个受苦的族类。我今天能大踏着一双天足跑来跑去是某些先贤力争的结果——这一切，其实得来不易。

对先辈的女人我也充满敬意，她们终生拖着一双扭曲骨折的脚。但碰到逃荒的岁月，却也一样跑遍大江南北，她们甚至也下田也担水，也做许多粗活。她们是怎样熬过来的？她们令我惊奇，令历史惊奇。

望着那双不知哪一位女人穿过的小鞋，我的思绪不觉被牵往幽渺的年代。那女人可能只是个普通人家的妇女——如果是有钱人家，脚就会裹得更小，因为不太需要劳动——鞋子是黑布做的，不是华美典丽的那种，而且那黑色已穿得泛了灰，看来是走了不少路了。鞋上的绣花也适可而止，不那么花团锦簇。总之，那鞋怎么看都是贫苦妇女的鞋子，而贫苦妇女其实也就是受难妇女的同义词吧？我之所以买下这双灰头土脸的鞋子，其实也是对逝去年月中的受苦者的一点思忆之情吧？

讽刺的是，今天这个时代虽没有人会为小女孩裹脚了，可是女子的生命果真已是自由的不受摧折的生命吗？

当魔魇似的紧箍咒从脚趾移开的时候，它会不会变了相又钻到头脑和心灵里去了？不"裹脚"的女子能保证自己是不"裹脑"，不"裹心"的女子吗？

我常常呆望着那双小鞋而迷惑起来。

不 识

两个人坐着谈话,其中一个是高僧,另一个是皇帝,皇帝说:"你识得我是谁吗?我——就是这个坐在你对面的人。"

"不,不识。"

他其实是认识并了解那皇帝的,但是他却回答说"不识"。也许在他看来,人与人之间其实都是不识的。谁又曾经真正认识过另一个人呢?传记作家也许可以把翔实的数据一一列举,但那人却并不在数据里——没有人是可以用数据来加以还原的。

而就连我们自己,也未必识得自己吧?杜甫,终其一生,都希望做个有所建树出民水火的好官。对于自己身后可能以文章名世,他反而是不无遗憾的。他似乎从来不知道自己是唐代最优秀的诗人,如果命运之神允许他以诗才来换官位,他是会换的。

家人至亲,我们自以为极亲爱极了解的,其实我们所知道的也只是肤表的事件而不是刻骨的感觉。刻骨的感觉不能重现,它随风而逝,连事件的主人也不能再拾。

而我们面对面却瞠目不相识的,恐怕是生命本身吧?我们活着,却不知道何谓生命?更不知道何谓死亡?

父亲的追思会上，我问弟弟：

"追述生平，就由你来吧！你是儿子。"

弟弟沉吟了一下，说：

"我可以，不过我觉得你知道的事情更多些，有些事情，我们小的没赶上。"

然而，我真的知道父亲吗？

五指山上，朔风野大，阳光辉丽，草坪四尺下，便是父亲埋骨的所在。我站在那里一面看山下红尘深处密如蚁垤的楼宇，一面问自己：

"这墓穴中的身体是谁呢？"虽然隔着棺木隔着水泥，我看不见，但我也知道那是一副溃烂的肉躯。怎么可以这样呢？一个至亲至爱的父亲怎么可以一霎时化为一堆陌生的腐肉呢？

也许从宗教意义言，肉体只是暂时居住的房子，屋主终有搬迁之日。然而，与原屋之间总该有个徘徊顾却之意吧？造物怎可以如此绝情，让肉体接受那化作粪壤的宿命？

我该承认这一抔黄土中的腐肉为父亲呢？或是那优游于蒙鸿中的才是呢？我曾认识过死亡吗？我曾认识过父亲吗？我愕然不知怎么回答。

"小的时候，家里穷，除了过年，平时都没有肉吃。如果有客人来，就去熟肉铺子切一点肉，偶然有个挑担子卖花生米小鱼的人经过，我们小孩子就跟着那人走。没得吃，看看也是好的。我们就这样跟着跟着，一直走，都走到隔壁庄子去了，就是舍不得回头。"

那是我所知道的，他最早的童年故事。我有时忍不住，想掏把钱塞给那九十年前的馋嘴小男孩。想买一把花生米小鱼填填他的嘴,并且叫他不要再跟着小贩走,应该赶快回家去了……

我问我自己,你真的了解那小男孩吗?还是你只不过在听故事?如果你不曾穷过饿过,那小男孩巴巴的眼神你又怎么读得懂呢?

我想,我并不明白那贫穷的小孩,那傻乎乎地跟着小贩走的小男孩。

读完徐州城里的第七师范的附小,他打算读第七师范,家人带他去见一位堂叔,目的是借钱。

堂叔站起身来,从一把旧铜壶里掏出二十一块银元,那只壶从梁柱上直吊下来,算是家中的保险柜吧?

读师范不用钱,但制服棉被杂物却都要钱,堂叔的那二十一块钱改变了父亲的一生。

我很想追上前去看一看那目光炯炯的少年,渴于知识渴于上进的少年。我很想看一看那堂叔看着他的爱怜的眼色。他必是族人中最聪明俊秀的孩子,堂叔才慨然答应借钱的吧!听说小学时代,他每天上学都不从市内走路,嫌人车杂沓。他宁可绕着古城周围的城墙走,城墙上人少,他一面走,一面大声背书。那意气飞扬的男孩,天下好像没有可以难倒他的事。他走着、跑着,自觉古人的智慧因背诵而尽入胸中,一个志得意满的优秀小学生。

然而,我真认识那孩子吗?那个捧着二十一块银元来这个世界打天下的孩子。我平生读书不过只求随缘尽兴而已,我大概不能懂得那一心苦读求上进的人,那孩子,我不能算是深识他。

"台湾出的东西,有些我们老家有,像桃子。有些我们老家没有,像木瓜番石榴。"父亲说,"没有的,就不去讲它,凡是有的,我们老家的就一定比台湾好。"

我有点反感，他为什么一定要坚持老家的东西比这里好呢？他离开老家都已经这么多年了，为什么还坚持老家的最好？

"譬如说这香椿吧？"他指着院子里的香椿树，台湾的，"长这么细细小小一株。在我们老家，那可是和榕树一样的大树咧！而且台湾是热带，一年到头都能长新芽，那芽也就不嫩了。在我们老家，只有春天才冒得出新芽来，所以那个冒法，你就不知道了。忽然一下，所有的嫩芽全冒出来了，又厚又多汁，大人小孩全来采呀，采下来用盐一揉，放在格架上晾，一面晾，那架子上腌出来的卤汁就呼噜——呼噜——地一直流，下面就用盆接着，那卤汁下起面来，那个香呀——"

我吃过韩国进口的盐腌香椿芽，从它的形貌看来，揣想它未腌之前一定也极肥厚，故乡的香椿芽想来也是如此。但父亲形容香椿在腌制的过程中竟会"呼噜——呼噜——"流汁，我被他言语中的状声词所惊动，那香椿树竟在我心里成为一座地标，我每次都循着那株椿树去寻找父亲的故乡。

但我真的明白那棵树吗？我真的明白在半个世纪之后，坐在阳光璀璨的屏东城里，向我娓娓谈起的那棵树吗？

父亲晚年，我推轮椅带他上南京中山陵，只因他曾跟我说过："总理下葬的时候，我是军校学生，上面在我们中间选了些人去抬棺材。我被选上了，事先还得预习呢！预习的时候棺材里都装些石头……"

他对总理一心崇敬——这一点，恐怕我也无法十分了然。我当然也同意孙中山是可佩服的，但恐怕未必那么百分之百心悦诚服。"我们那时候的学生总觉得共产党比较时髦，我原来也想做共产党……"

能有一人令你死心塌地，生死追随，不作他想，父亲应该是幸福的。——而这种幸福，我并不能体会。

父亲说，他真正的兴趣在生物，我听了十分错愕。我还一直以为是军事学呢！抗战前后，他加入了一个国际植物学会，不时向会里提供全国各地植物的信息，我对他惊人的耐心感到不解。由于职业的关系，他跑遍大江南北，他将各地的萝卜、茄子、芹菜、白菜长得不一样的情况一一汇集报告给学会。在那个时代，我想那学会接到这位中国会员热心的讯息，也多少要吃一惊吧？

啊，他究竟是怎样的一个人呢？我对他万分好奇，如果他晚生五十年，如果他生而为我的弟弟，我是多么愿意好好培植他成为一个植物学家啊！在那一身草绿色的军服下面，他其实有着一颗生物学者的心。我小时候，他教导我的，几乎全是生物知识，我至今看到螳螂的卵仍十分惊动，那是我幼年行经田野时父亲教我辨认的。

每次他和我谈生物的时候，我都惊讶，仿佛我本来另有一个父亲，却未得成长践行。父亲也为此抱憾吗？或者他已认了？

而我不知道。

年轻时的父亲，有一次去打猎。一枪射出，一只小鸟应声而落，他捡起小鸟一看，小鸟已肚破肠流，他手里提着那温热的肉体，看着那腹腔之内一一俱全的五脏，忽然决定终其一生不再射猎。

父亲在同事间并不是一个好相处的人，听母亲说有人给他起个外号叫"杠子手"，意思是耿直不圆转，他听了也不气，只笑笑说"山难改，性难移"。他是很以自己的方正棱然自豪的，从来不屑于改正。然而这个清晨，在树林里，对一只小鸟，他却生慈柔之心，誓言从此不射猎。

父亲的性格如铁如砧，却也如风如水——我何尝真正了解过他？

《红楼梦》第一百二十回，贾政眼看着光头赤脚身披红斗篷的宝玉向他拜了四拜，转身而去，消失在茫茫雪原里，说：

"竟哄了老太太十九年，如今叫我才明白。"

贾府上下数百人，谁又曾明白宝玉呢？家人之间，亦未必真能互相解读吧？

我于我父亲，想来也是如此无知无识。他的悲喜、他的起落、他的得意与哀伤、他的憾恨与自足，我哪里都能一一探知、一一感同身受呢？

蒲公英的散蓬能叙述花托吗？不，它只知道自己在一阵风后身不由己地和花托相失相散了，它只记得叶嫩花初之际，被轻轻托住的安全的感觉。它只知道，后来，就一切都散了，胜利的也许是生命本身，草原上的某处，会有新的蒲公英冒出来。

我终于明白，我还是不能明白父亲。至亲如父女，也只能如此。世间没有谁识得谁，正如那位高僧说的。

我觉得痛，却亦转觉释然，为我本来就无能认识的生命，为我本来就无能认识的死亡，以及不曾真正认识的父亲。原来没有谁可以彻骨认识谁，原来，我也只是如此无知无识。

——原载 1997 年 1 月 12 日台湾《人间副刊》

关于爸爸这种行业的考核制度

关于爸爸这种古老的行业,历来好像一经发表,便是永保无虞的终身职业,这也几乎是唯一的在告老之后,有养老金和安葬费的行业。

如此伟大的一个行业却根本没有考核制度、奖惩制度,实在可怪(很意外的,它倒是有升迁制度,资深爸爸多半可以升成"双料爸爸",亦即变成爷爷或外公)。我的朋友宋楚瑜"局长"首先发难,提议叫"爸爸回家吃晚饭",其实爸爸要成为合格爸爸,该做的事太多啦,且听我一一道来。

第一,爸爸应该有一定的出席率;大家都知道,在大学里偶然跷课是可以的,但出席率如果低于三分之一就要扣考了,换句话说,亦即失去了被考核的资格。我认为在新的考核制度下,做爸爸的除非有军公方面的特殊职务,可准予公假,以及身有痼疾准予病假外,其他事假一概不准超过家法规定的分配额,关于这件事,应由儿女任"考核委员",而妈妈任"监察委员"。至于"立法委员"嘛,大家一起当好了。

第二,爸爸应有合格的身体健康证明;你要去就任何行业,都要提出健康证明,这是人人都知道的常识;可是做爸爸的每每不太注意健康,应予纠举,试想爸爸一职,职务繁责任重,如果不保持健康怎能胜任?做老师的生了病可找人代课,做处长的请了假可请人代职,"爸爸"这个职位总不便请人顶工吧?既然如此,做爸爸的务必小心保养,快车不可骑,不可暴食,酒宜浅尝,烟须全戒,否则健康日损,工作效率便差了。

第三,爸爸应争取优良表现;爸爸的优良表现可分两方面。消极方面,如不毒打小孩,不嚣张霸道;积极方面,如常常洗碗,常常陪儿女玩,常常讲故事,出手大方,必要时还要能替儿子做代数,替女儿做美劳(类似美术手工),不过,要小心,说不定你会错得比小孩更厉害,那就太没面子了。

第四,做爸爸的如有重大错误,应自请处分,所谓重大情节指除"合法专任爸爸"之外又去做了"非法兼差爸爸",其他情节较轻的过错,如欠下赌债等,在自请处分后,要由妈妈采取"留家察看,以观后效"的措施,但情节极严重的应该对其引咎辞职照准,以为天下爸爸之警尤。

校有校规,官有官箴,为人之爸爸岂可不谨守清规,力求表现?愿天下老爸小爸(指刚发表爸爸职位的新官),黾勉从事,戮力以赴;否则仅以"回家吃晚饭"为志,其志亦小哉,吾家小狗小黄,每到五点也准时回家吃晚饭呢!

我的幽光实验

闰三月,令人犹豫。恋旧的人叫它暮春,务实的人叫它初夏——我却趑趄赳赳,认为是春夏之交。

这一天,下午五点,我回到家。时令姑且算它是春夏之交,五点钟,薄暮毕竟仍悄悄掩至了。这一天,丈夫和女儿刚好都有事不回家吃晚饭。我开了门,一个人站在门前,啊!我等这一天好久了,趁他们不在,我打算来做我的"幽光实验"。

想做这个实验想了好一阵子,说起来,也不过发自一点小小的悲愿,事情是这样的:我反核,可是,我却用电。我反对我们的核能废料运到雅美人的碧波家园去掩埋,然而,我却每个月出钱给电力公司以间接支持他们的罪行,我为自己的伪善而负疚。不得已,只好以少用电来消孽。因此,在生活里,我慎重地拒绝了冷气。执教于公立学院,学校的预算比捉襟见肘的私立大学是阔多了,连工友室也装冷气,全校不装冷气的大概只剩我一个了。每次别人惊讶问起的时候,我一概以"我不怕热"挡过去。后来,某次聊天,发现林正杰也不用冷气,不禁叹为知己。台北市的盛夏,用自己一身汗水去抗拒苦热,几乎接近悲壮。这其间,也无非想换个心安。"又反核四厂,又装冷气机",对我而言,简直是基本上的文法不通,根本是说不出口的一句话。

除了冷气机不用之外,还能不能找个法子省更多的电呢?我问自己。

有的,我想,如果每一天晚一点才开灯的话。

听母亲说,外婆和曾外婆,她们虽然家境富裕,却都是在黄昏时摸黑做针线的。"她们的眼睛真好哩!摸黑缝出来的也是一手好针线呢!她们摸黑还能穿针,一穿就进。"

我遥想那属于她们的年代,觉得一针一线都如此历历分明。人类过其晨兴夜寐的岁月总也上万年了,电灯却是近百年来才有的事。油灯、蜡烛在当年恐怕都是能省则省的奢侈品。既然从太古到百年前,人类都可以生活得好好的,可见"电力"是个"没有也罢"的东西。

上帝造人,本是一件简单的生物:早晨起床,工作,晚上睡觉,睡觉前的时间可以摸黑做一些半要紧半不要紧的事,例如洗澡、看书、讲故事、作诗。

反正上帝他老人家该负全责的,白昼是他安排的,黑夜是他规划的。那么,在昼夜之间的夕暮,也该归他管才对,根据这样的逻辑演绎下来,人类的眼睛当然理该可以适应这时刻的光线。

但不知从什么时候开始,人类变得像一个神经质的小孩,不能忍受一点点幽暗。一个都市人,如果清晨五点醒来,连想都不用想,他的第一个本能大概就是急急按下电灯开关,让屋子大放光明。他已经完全不能了解,一个人其实也可以静静地坐在黎明前的幽光里体会时间进行的感觉。那时刻,仿佛宇宙间有一把巨大的天平,我在天平此端,幽光,在彼端。我与幽光对坐,并且感知那种神秘无边的力量。方其时，人，仿佛置身密林，仿佛沉浮于深泽大沼，仿佛穴居野处的上古，仿佛胎儿犹在母体，又仿佛易经乾卦里的那只"潜龙"正沉潜某处，尚未用世。方其时，"天地玄黄，宇宙洪荒"——这是《千字文》的句子，古代小孩启蒙时要念的第一篇，是幼童蒙昧的声音在念宇宙蒙昧期的画面——一切还停顿在圣经创世纪的首章首句：

"未始之始，未初之初……地则空虚混沌，渊面黑暗……"

坐在这样黎明前的幽光里，何须什么飞利浦牌或旭光牌的电灯来打扰。此时此刻，那曾经身处幽潜的地球和曾经结胎于幽潜子宫中的我，一起回到暖暖幽光中，一起重温我们的上古史。当此之际，我与大化之间，心会神通，了无窒碍。此刻，灯光，除了是罪恶，还会是什么呢？

黄昏，是另一段幽光时分。现代人对付黄昏的好办法无他，也是立刻开灯。不错，立刻开灯的结果是立刻光明，但我们也立刻失去自己和天象之间安详徐舒的调适关系。

现代的人类如此骄纵自己，夏天不容自己受热，冬天不容自己受冷，黄昏后又不容自己稍稍受一点黑。

然而，此刻是下午五时，我要来做个实验。今晚，我来试试不开灯，让我来验证"黄昏美学"，让我体会一下祖母时代的生活步调，我就不信那样的日子是不能。

记得十多年前，有一次为了报道兰屿的兰恩幼稚园，带着个摄影家去那里住过一阵子。简单的岛，简单的海，简单的日出日落。没有电，日子照过。黎明四五点，昊昊天光就来喊你，嗓音亮烈，由不得你不起床。黑夜，全岛漆黑，唯星星如凿在天壁上的小孔，透下神界的光芒。

在岛上，黄昏没有人掌灯。

及夜，幼稚园里有一盏气灯，远近的孩子把这里当阅览室，在灯下做功课。

而此刻，在台北，我打算做一次小小的叛逆，告别一下电灯文明。

天不算太黑，也许我该去煮饭，但此刻拿来煮饭太可惜，走廊上光线还亮，先看点书吧。小字看来伤眼，找本线装的来看好了。那些字个个长得大手大脚的，像庄稼汉，很老实可信赖的样子。而且，我也跟他们熟了，一望便知，不须细辨。在北廊，当着一棵栗子树，两钵鸟巢蕨和五篮翠玲珑，我读起陶诗来——"斯晨斯夕，言息其庐。花药分列，林竹翳如。清琴横床，浊酒半壶。黄唐莫逮，慨独在予。"

哇！不得了，人大概不可有预设立场，一有立场，读什么都好像来呼应我一般。原来这陶渊明也注意到"林竹翳如"之美了，要是碰到今人拍外景，就算拍竹林，大概也要打上强光，才肯开镜吧？

没读几首诗，天色更"翳如"了，不开灯，才能细细感觉出天体运行的韵律，才能揣摩所谓"寸阴"是怎么分分寸寸在挪移在推演的。

一日的时光其实是一段完美具足的生命，每一刹那都自有其美丽。然而，强灯夺走了暮色，那沉潜安静的时分，那鸟归巢兽返穴的庄严行列，在今天这个时代，全都遭人注销，化为明灿的森严的厉光。

只因我们不肯看暮色吗？

天更暗，书已看不下去，便去为植物浇水。

我因刚读了几行诗，便对走廊上的众绿族说："唉，你们也请喝点水，我们各取所需吧！"

接下来，我去煮饺子。厨房靠南侧，光线很好，六点了，不开灯还不成问题，何况有瓦斯炉的蓝焰。饺子煮好，浇好佐料，仍然端到前面北廊去吃。天愈来愈暗，但吃起饺子来也没什么不便。反正一个个夹起塞进嘴巴，也不需仔细的视觉。我想从前古人狩猎归来，守着一堆火，把兔肉烤好，当时洞穴里不管多黑，单凭嗅觉，任何人也能把兔子腿正确地放进嘴里去的。今人食牛排仍喜欢守着烛光，想来也是借一点怀古的心情。

饺子吃罢，又剥了一个葡萄柚来吃，很好，一点困难也没有。我想，人类跟食物的关系是太密切了，密切到不须借助什么视觉了。

饭后原可去放点录音带来听，但开录音机又要用电，我想想，不如自己来弹钢琴，反正家里没人，而我对自己一向又采高度容忍政策。

钢琴弹得不好，但不须看谱。暮霭虽沉沉，白键却井然，如南方夏夜的一树玉兰，一瓣瓣馥白都是待启的梦。

琴虽弹得烂，但键音本身至少是玎玲可听的。

起来，在客厅里做两下运动，没有师承，没有章法，自己胡乱伸伸腿，扭扭腰，黑暗中对自身和自身的律动反觉踏实真切，于是对物也觉有亲了。楼下传来花香，我知道是那株二人高的万年青开了花。花不好看，但香起来一条巷子都为之惊动，只有热带植物才会香得如此离谱。嗅觉自有另一个世界，跟眼睛的世界完全不同，此刻我真愿自己是一只小虫，凭着无误的嗅觉，投奔那香味华丽的夜之花。

我的手臂划过夜色，如同泅者，泅过黑水沟，那深暗的洋流。我弯下腰去，用手指触摸脚尖，宇宙漠然，天地无情，唯我的脚趾尖感知手指尖的一触。不需华灯，不需明目，我感受到全人类的智慧也不能代替我去感知的简单触觉。

闻着楼下的花，我忽然想起自己手种的那几丛茉莉花来，于是爬上顶楼，昏暗中闻两下也就可以"闻香辨位"了，何况白色十分奇特，几乎带点荧光。暗夜中，仿佛有把尖锐的小旋刀，一旋便凿出一个白色的小坑。那凿坑的位置便是小白花从黑夜收回的失土，那小坑竟终能保持它自己的白。

原来每朵小白花都是白昼的遗民，坚持着前朝的颜色。

我把那些小花摘来放在我的案头，它们就一径香在那里。

我原以为天色会愈来愈暗，岂料不然。楼下即有路灯，我无须凿壁而清光自来。但行路却须稍稍当心，如果做"幽光实验"，弄得磕磕碰碰的，岂不功亏一篑？好在是自己的家，什么地方有什么东西，大致心里是知道的。

决定去洗澡，在幽暗中洗澡自可不关窗，不闭户，凉风穿牖，莲蓬头里涌出细密的水丝。普通话叫"莲蓬头"，粤语叫"花洒"，两个词眼都用得好。在香港冲凉（大概由于地处热带，广东人只会说"冲凉"，他们甚至可以说出"你去放热水好让我冲凉"的怪话来），我会自觉是一株给"花洒"浇透了的花。在台湾沐浴，我觉得自己是瑶池仙童，手握一柄神奇的"莲蓬"。

不知别人觉得人生最舒爽的刹那是什么时候，对我而言，是浴罢。沐浴近乎宗教，令人感觉尊重而自在。孔子请弟子各言其志，那叫点的学生竟说出"浴乎沂，风乎舞雩"的句子。耶稣受洗约旦河，待他自河中走上河岸，天地为之动容。经典上记录那一刹那谓"当时圣灵降其身，恍若鸽子"。伊斯兰教徒对沐浴，更视为无上圣事。印度教徒就更不必提了。

而我只是凡世一女子，浴罢静坐室中，虽非宗教教主，亦自雍容。把近日偶尔看到想起之事，一一重咀再嚼一遍。譬如说，因为答应编译馆要为他们编高中的诗选，选了一首王国维的《浣溪沙》，把那三句"试上高峰窥皓月，偶开天眼觑红尘，可怜身是眼中人"细细揣想，不禁要流泪。想大观园里的黛玉，因一句"如花美眷，似水流年"便痛彻心扉。人世间事大抵如此；人和人可以同处一室而水火不容，却又偶尔能与千年百年前的人相契于心，甚至将那人深贮在内心的泪泉从自己的目眶中流了出来。

黑暗中，我枯坐，静静地想着那谜一般的王国维，他为什么要投昆明湖呢？今年二月，我去昆明湖，湖极大，结了冰，仿佛冰原。有人推着小雪橇载人在冰上跑。冰上尖风如刀，我望着厚实的大湖，一径想："他为什么要去死呢？他为什么要去死呢？人要有多大的勇气才会去死呢？"

恍惚之间，也仿闻王国维讷讷自语："他们为什么要活着呢？他们得要有多大的耐心才能活下去呢？——在这庸俗崩解的时代。"

而思索是不需灯光的，我在幽光中坐着，像古代女子梳她们及地的乌丝，我梳理我内心的喜悦和恻痛。

我去泡茶，两边瓦斯口如同万年前的两堆篝火，一边供我烤焙茶叶，一边烧水。水开了，茶叶也焙香了。泡茶这事做起来稍微困难一点，因为要冲水入壶。好在我的茶壶不算太小，腹部的直径有十五公分，我惯于用七分乌龙加三分水仙，连泡五泡，把茶汤集中到另外一只壶里，拿到客厅慢慢啜饮。

我喝的茶大多便宜，但身为茶叶该有的清香还是有的，喝茶令人顿觉幸福，觉得上接五千年来的品位（穿丝的时候也是，丝织品触擦皮肤的时候令人意会到一种受骄纵的感觉，似乎嫘祖仍站在桑树下，用慈爱鼓励的眼神要我们把丝衣穿上），茶怎能如此好喝？它怎能在柔粹中亮烈，且能在枯寂处甘润，它似有撒豆成兵的魔法，它在五分钟之内便可令一山茶树复活，茶香洌处，依然云缭雾绕，触目生翠。

有人喝茶时会闭目凝神，以便从茶叶的色相中逃离，好专心一意品尝那一点远馨。今晚，我因独坐幽冥，不用闭目而心神自然凝注，茶香也就如久经禁锢的精灵，忽然在魔法乍解之际，纷纷逸出。

电话铃响了，我去接。

曾有一位日本妇人告诉我，在日本，形容女人间闲话家常为"在井旁，边洗衣服边谈的话"，我觉得那句话讲得真好。

我和我的女伴没有井，我们在电话线上相逢，电话就算我们的井栏吧。她常用一只手为儿子摩背，另一只手拿着电话和我聊到深夜。

我坐在十五年前买的一把"本土藤椅"里，椅子有个名字叫"虎耳椅"，有着非常舒服的弧度，可惜这椅子现在已经买不到了。

适应黑暗以后，眼睛可以看到榉木地板上闪着柔和的反光。我和我的女伴有一搭没一搭地聊着，我为什么要开灯呢？完全没有这个必要啊！摸黑说话别有一种祥谧的安全感。祈祷者每喜欢闭目，接吻的人亦然，不用灯不用光的世界自有它无可代替的深沉和绝美。我想聊天最好的境界应该是：星空下，两个垂钓的人彼此坐得不远不近，想起来，就说一句，不说的时候，其实也在说，而横亘在他们之间的，是温柔无边的黑暗。

丈夫忽然开门归来："哎呀！你怎么不开灯？"

"啪"的一声，他开了灯，时间是九点半。我自觉像一尾鱼，在山岩洞穴的无光处生存了四个半小时（据说那种鱼为了调适自己配合环境，全身近乎透明）。我很快乐，我的"幽光实验"进行顺利，黑暗原来是如此柔和润泽且丰沛磅礴的。我想我该把整个生活的调子再想一想，再调一调。也许，我虽然多年身陷都市的战壕，却仍能找回归路的。

后记： 整个"幽光实验"其实都进行顺利，只是第二天清晨上阳台，一看，发现茉莉花还是漏摘了三朵，那三朵躲在叶子背后，算是我输给夜色的三枚棋子。

谁是花主?

那花有个艳魅的名字,叫"小白花鬼针"。

再也没看过比它更蛮不讲理的家伙了,无论什么石地砂地,水沟边,它都算那地方是自己的辖区,花季几乎长达一年。开了谢,谢了开,像大地涌动的浪沫。

花落了,就结出鬼针来,谁给黏上了,就得带着它走天涯,去帮它播种,大概没有人喜欢它——但那白花,却是怜人的。

在我去学校的途中,有条河堤,堤上就开满这种白花,每每开到极华艳的时候,就有居民出面用镰刀把它们一举歼灭。

我在这条路上走了几年,花年年照开,人,年年照砍,彼此维持了不输不赢的局面。

有一年,我想,何不趁沿河居民未砍之前,剪它几枝来插花呢?于是真的剪了几枝,插在玻璃瓶里,居然像雏菊,去查书,果然真是菊科的。

这样,又过了两年,我总是趁镰刀未动之前剪几枝花来作案头清供。

今年春天,事情有了变化。有一天,我正打算采一束白花,忽然飞来一只小粉蝶。我吓了一跳,这才发现我为了让自己书卷旁增加一派野趣,竟然剥夺了小粉蝶的食物。我原以为这花反正是要遭人镰刀砍尽的,我剪一把也不算罪过。及至见到小粉蝶采蜜,却不免抱歉起来。一向以为园圃中的才是有主之花,野花则是无主的。陆游《卜算子·咏梅》不是这样写的吗:

"驿外断桥边,寂寞开无主。"

其实蜂蝶才是花之主人,世上之花皆属于蜂蝶。我于是改过自新,从此不去采花了。花,在我只是赏心悦目的玩意,在小粉蝶,却是延命保种的粮食啊!

有个叫"时间"的家伙走过

"这是什么菜?"晚餐桌上丈夫点头赞许,"这青菜好,我喜欢吃,以后多买这种菜。"

我听了,啼笑皆非,立即顶回去:

"见鬼哩,这是什么菜?这是青江菜,两个礼拜以前你还说这菜难吃,叫我以后再别买了。"

"怎么可能?"

"怎么不可能?上次买的老,这次买的嫩,其实都是它,你说爱吃的也是它,你说不爱吃的还是它。"

同样的东西,在不同时段上,差别之大,几乎会让你忘了它们原本是一个啊!

此刻委地的尘泥,曾是昨日枝头喧闹的春意,两者之间,谁才是那花呢?

今朝为蚁蝼食剩的枯骨,曾是昔时舞妒杨柳的软腰,两相参照谁方是那绝世的美人呢?

一把青江菜好吃不好吃，这里头竟然牵动起生命的大怆痛了。

你所爱的，和你所恶的，其实只是同一个对象，只不过，有一个名叫"时间"的家伙曾经走过而已。

第三辑

会过日子的女人

粉红色的挑发针

年轻的女孩向我形容一件不堪的事,她说:

"你想想看,简直不能忍受,我看过一个妈妈,她为自己的小女儿梳头,居然用原子笔来挑分中线,划得那道头皮一线深蓝,长大以后也不知洗不洗得掉呢!"

"哎,这种懒婆娘!"我咬咬牙,"她就算再懒,至少也该找根用干了的没有水的原子笔来做这件事吧?这样,弄得像'头皮刺青',怪可怕的!"

当年,蔡孑民先生曾打算用"美学教育"来代替宗教。"美学"至今在哪里?我不知道。我只知道,我们上自"总统"下至市长、校长,乃至那位粗心大意的母亲,全在联手进行"丑学"教育。而一切丑,都奠基于潦草大意,漫不经心。所以,你会看到"总统府",居然会在红砖外层涂漆,你会看到陈市长解决旧市府的妙策竟是把它一划为二,分交两个不相干的团体。(早年的某市长更厉害,古迹城墙,先拆再说,打死猪仔问价钱,你能把我怎么样?)至于各大中小学校校园,你可以看到贴满马赛克的杂乱建筑,这种校园建筑如果不漏不渗已经就够幸运了,谁还管什么和传统旧建筑之间的搭配。

美，是有系统的，慎重谨敬的，有脉络有缘故的，丑却草率邂逅，自暴自弃。虽然有时美伪装得像后者，但其实不然，美的大自在来自"从心所欲不逾矩"的素养，而非邂逅。

听年轻女孩说"蓝头皮事件"，我忽然心念一动，说：

"啊，我给你看件东西。你看你能认得出来是个什么吗？"

女孩把东西接过手去，左瞧右瞧，答不上话来。那东西形状像毛线针，却短些，大约不足二十公分，一头稍粗，一头偏细，颜色介乎橙红与粉红之间，因为染得不均匀，看来反而完全像珊瑚，其实却是牛骨。

说来也是凑巧，那天我刚好从南部探望父母回来，回来时，跟母亲讨得这东西。它是我幼小时惯见的、母亲分头发用的挑发针。记得她梳好头，打正中间一挑，一根笔直的发线就出现了。盛年时期的母亲，总是有一头乌发需要挑分两边。那时代的美人流行发梳左右，额头正中间则有一点美丽的桃花尖——啊，那个婉约多姿的时代。

想起来了，好像连我梳辫子也是用这根针分线的。但因为我自己看不见自己当时被挑头发的神情，所以记忆里全是母亲的表情。每次，她梳好头，总非常慎重地向红木框的镜子更靠近一点。她的上身前倾，她的目光庄凝，珊珊发针对准黑发中划过，划出一道"发之丝路"！啊，我为什么对这些小节记得那么清楚？我想是那个敬慎悠远的眼神令我懔然。

年轻女孩对挑发针十分惊讶，如见一件古董。然而，只有我知道，在"珊瑚色的牛骨发针"和"草率的原子笔"之间，我们的时代究竟亏累了多少美丽审慎的心情。

——原载 1995 年 7 月 3 日台湾《人间副刊》

我的脸是给妈妈 Kiss 用的

和能言善道颇具逻辑观念的"哥哥"比较起来，小女儿晴晴的言语别有一种可爱的稚拙。杜甫"语不惊人死不休"的壮志必须借用苦吟为手段，小女儿却天生是个"语惊四座"的人。

"你的脚是做什么用的？"

"走路用的。"

"你的耳朵是做什么用的？"

"听话用的。"

"我的小脸，"她指着自己蔷薇色的两颊，"是给妈妈 Kiss 用的。"

能用我们的身体去爱或被爱是一件多可惊异的美好的事！成人的世界里有太多"功利"观念，我们身体每一部分的功能都被指定标明了。其实，除了打字，上帝所赐的双手不是更该用来握一个穷人的手吗？除了辨味，上帝所赐的舌头不是更应该用以说安慰鼓励人的话吗？除了看书看报，上帝所赐的眼睛不是更应该给受伤者一些关怀的凝注吗？

命 甜

儿子不知在哪里听说有"命苦"一词,立刻举一反一地想到了命甜,而且,兴冲冲地跑来找我。

"妈妈,我的命很甜!"

"什么?"

"命甜!我有吃、有穿、有住、有行——"

"有行?"我大惑不解,我们家并没有车——连脚踏车也没有。

曾经有一段时间,我被买不买车的问题折腾得要命,但后来冷静一想,在巴士和的士如此方便的台北市其实并无买车的必要,省下的钱还可以襄助许多有意义的工作。

"是呀,有行——我不是有两双鞋吗?"

原来我的行是指车,他的行却是指鞋!他是对的,有上天所给的一双腿,有两双胶鞋,天下哪里不能去?鞋也可以是堂堂正正的行。

我第一次发现,我们都可以是命很甜很甜的。

母亲·姓氏·里贯·作家

儿子小时,大约三四岁,一个人到家门口的公园去玩。有人来问他籍贯,他说:"我是湖南人,我妹妹也刚好是湖南人,我的爸爸和爷爷、奶奶都是湖南人,只有我妈妈是江苏人。"

他那时大概把籍贯看成某种血型,他们全属于一个整体,而妈妈很奇怪,她是另类。

这个笑话在我们家笑了很多次,但每次笑的时候,我都悄悄生疼,从每一寸肌肤,每一节骨骸。

我有个同学,她说她母亲当年结婚时最强烈的感觉便是"单刀赴会"。形容得真是孤凄悲壮,让人想起"风萧萧兮易水寒,'淑女'一去兮不复还"。父系中心的社会,结构完整严密,容不得女子有什么属于她自己的面目,我的儿子并不知道他除了姓林,也该姓二分之一的张,籍贯则除了是湖南长沙,也包含江苏徐州。

母亲生养了孩子,但是她容许孩子去从父姓。其实姓什么并不重要,生命的传递才是重点,正如莎士比亚说的:

"我们所谓的玫瑰,如果换个名字,不也一样芳香吗?"

可贵的是生命,是内在的气息,而不是顶在头上的姓氏或里贯。

晚明清初,有本书写得极好,叫《陶庵梦忆》。顾名思义,作者当然应该姓陶。其实不然,作者的名字叫张岱。为什么姓张的人却号陶庵呢?简单地说,就是作者在从事怀旧的、委婉的书写之际,不自觉地了解到自己也有属于母亲的、属于女性的一面。而他的母亲姓陶,他就自号"陶庵"。

也许只有那颗纤细的敏感的作者之心,才会使他向母亲的姓氏投靠。

张岱的情况更特别一些,他是遗民,身经亡国之痛。他勉强活下来,是因为想用余年去追述一个华美的、消失了的王朝。他渴望为逝去的朝代作见证并尽孝道,大明朝是他的父亲,也是他的母亲。

英国出生于二十世纪初的剧作家弗雷(写过 The Lady's Not for Burning)把自己的姓和宗教,都改成了外婆的,他本姓哈里斯,十八岁才改的。

近代作者中直截了当用笔名来表达皈依母亲之忱的便是鲁迅了。鲁迅原姓周,叫周树人,与周作人是兄弟,并享盛名。鲁迅算是第一个写现代小说的作者,有趣的是他的小说背景永远绕着鲁镇打转,"鲁"是周树人母亲的姓,他选择这个姓来作自己的笔名,似乎有意向父系社会的姓氏制度挑战。一生下来便已被命名为周树人是他无法抗议的,但当他有机会给自己安排一个新名字,他便选姓母亲的鲁。

附带一提的是,鲁迅的笔一向辛辣犀利,挖苦阿 Q 或孔乙己丝毫不留余地,但他笔下的女性却在坚苦卓绝中自有其高贵而永恒的刻痕,如华大妈,如夏四奶奶……

改姓改得更晚的是台大外文系的黄毓秀，在她改姓母亲的姓氏"刘"之前，其实常建议同学叫她"毓秀"老师。

还有一位在桃园监狱中服刑的年轻人，忽然从"天人菊写作班"学会了写作，生命也因而重新翻了一番，他为自己取了个笔名叫苏枏，他的理由如下：

> 因为我最最伟大、最亲爱的妈妈姓苏，她常常向我们抱怨，家里三个小孩没人和她同姓，无人和她同心。每回闹别扭，都嚷着说，你们这些姓郑的如何怎样、怎样如何的。所以，我的笔名一定要和妈妈同姓。

作家大概是最容易为母亲打抱不平的人，最容易向弱势母亲认同的人。

当代作家中的余光中，其身份证上法定籍贯虽是福建永春，但他少年时期一向认同的却是母亲的故里，江南烟水之地。

下一次，当有人问及我们姓氏里贯之际，让我们——至少在心里——也承认母亲的这一边的姓氏里贯吧！

——原载 1999 年 5 月号台湾《台北画刊》杂志

我渴望赢

我渴望赢,有人说人是为胜利而生的,不是吗?

极幼小的时候,大约三岁吧,因为听外婆说一句故乡的俗语"吃辣——当家",就猛吃了几大口辣椒,权力欲之炽,不能说不惊人了。

如果我是英国贵族,大约会热衷养马赛马吧?如果是中国太平时代的乡绅,则不免要跟人斗斗蟋蟀,但我是个在台湾长大的小孩,习惯上只能跟人比功课。小学六年级,深夜,还坐在同学家的饭厅里恶补,补完了,睁开倦眼,摸黑走夜路回家。升学这一仗是不能输的,奇怪的是那么小的年纪,也很诡诈的,往往一面偷偷读书,一面又装出视死如归的气概,仿佛自己全不在乎。

考取北一女中是第一场小赢。

而在家里,其实也是霸气的。有一次大妹执意要母亲给她买两支水彩笔,我大为光火,认为她只需借用我的那支旧笔就可以了,而母亲居然听了她的话去为她买来了,我不动声色,第二天便要求母亲给我买四支。

"为什么要那么多?"

"老师说的!"我决不改口,其实真正的理由是,我在生气,气妹妹不知节俭,好,要浪费,就大家一起来浪费,你要两支,我就偏要四支,我是不能输给别人的!

母亲果然去买了四支笔,不知为什么,那四支笔仿佛火钳似的,放在书包里几乎要烫着人了,我暗暗立誓,从今而后,不要再为自己去斗气争胜了,斗赢了又如何呢?

有一天,在小妹的书桌前看到一张这样的字条:

下次考试:
数学要赢×××
国文要赢×××
英文要赢×××
……

不觉失笑,争强斗胜,以至于此,不但想要夺总冠军,而且想一项一项去赢过别人,多累人啊——然而,妹妹当年活着便是要赢这一场艰苦的仗。

至于我自己,后来果真能淡然吗?有的时候,当隐隐的鼓声扬起,我不觉又执矛挺身,或是写一篇极难写的文章,或是跟"在上位者"争一件事情。争赢求胜的心仍在,但真正想赢过的往往竟是自己,要赢过自己的私心和愚蠢。

有一次,在报上看到英国的特工队去救出伊朗大使馆里的人质,在几分钟内完成任务大获全胜,而他们的工作箴言却是"Who dares wins"(勇敢者胜),我看了,气血翻涌,立刻把它钉在记事板上,天天看一遍。

行年渐长，对一己的荣辱渐渐不以为意了，却像一条龙一样，有其颈项下不可批的逆鳞，我那不可碰不可输的东西是"中国"。不是地理上的那片海棠叶，而是我胸中的这块隐痛：当我俯饮马来西亚马六甲的郑和井，当我行经马尼拉的华人坟场，当我在纽约街头看李鸿章手植的绿树，当我在哈佛校区里抚摸那驮碑的赑屃，当我在韩国的庆州看汉瓦当，在香港的新界看邓围，当我在泰北山头看赤足的孩子凌晨到学校去，赶在上泰国政府规定的泰文课之前先读中文……我所渴望赢回的是故园的形象，是散在全世界有待像拼图一般聚拢来的中国。

有一个名字不容任何人污蔑，有一个话题绝不容别人占上风，有一份旧爱不准他人来置喙。总之，只要听到别人的话锋似乎要触及我的中国了，我会一面谦卑地微笑，一面拔剑以待，只要有一言伤及它，我会立刻挥剑求胜，即使为剑刃所伤亦在所不惜。

上天啊，让我们赢吧！我们是为赢而生的，必要时也可以为赢而死，因此，其他的选择是不存在的，在这唯一的奋争中给我们赢——或者给我们死。

无　忌

这是许多年前的事了：

那天，丧礼礼堂里满满都是人，我坐在来宾座位上，等待上前去行礼。行礼的人不断，但都是一个个来的，我有点怜悯那丧家，他们遵古制跪在地上答礼，哀毁骨立。吊祭的人每行一礼，他们便叩首致谢，我心里过意不去，有些着急。我想，我来找个熟人一同行礼吧，这样，至少丧家可以少叩一次头，我不忍在他们的悲伤之上又加上辛劳。

这时，身旁刚好来了一位教授，此人七十多了，算是我同校的同事，我便央他说：

"我看他们丧家答礼也太累了，我们一起行礼吧！"

老教授回我一眼，说：

"这样不好，我们俩一起去，人家会误会的，不知我们是什么关系。"

我那时才三十出头，听此话不免大吃一惊，但转念一想，也不能说他的话全无道理。就我的想法，他是个长辈，但以世俗眼光看来，三十岁的女子和七十岁的男子也未必没有可能。他的考虑比较世故，比较周到，比较保护自己。

我当时也不免想到，咦，奇怪，我心里怎么就转不到这种念头上去？是因为我天真，还是因为我无知？还是思考方式里根本没想到男女之间的种种忌讳？我这样，是好，还是不好呢？

事隔多年，我四十出头了。去学车，不久拿到驾照，但还不敢上路。于是请了位年轻的教练，陪我从通衢大道开到羊肠小道，从白天开到夜晚，那几天竟开了一千公里。

有一天，开到阳明山上。我因初开车，十分专心，不敢旁骛，但眼角余光却似乎看到车站那里有个熟人在等车。我不敢猛然煞车，只好开到前面，转个弯，再回来看一眼。果真是个旧识，我于是跳下车来打招呼，那人也不觉惊奇，反而说：

"我早就看到是你。"

"那你怎么不叫我？我练车练得无聊死了！"

"可是，我看坐在你旁边的不是你的丈夫——我就不好意思叫了。"

我被他那句话弄得又好笑又好气，凭什么身边坐个男子便关系可疑？但这一次我又不得不承认，或许他仍是对的。朋友归朋友，但一旦发现"朋友已发现自己的不可告人之密"，那时朋友之间大概也不免尴尬吧？而那一天，在山径上，我那朋友怎么知道我身边的年轻男子和我并没有"情节"？他是好意，我不能怪他。

而我自己，我仍旧维持自己一贯的坦然无忌——人生苦短，各人还是照自己的性格活下去比较好。

缘豆儿

在一本书上,我惊奇地读到这样简单的记载:

旧俗四月初八日煮青豆黄豆遍施人以结缘,称"缘豆儿"。

读完了,想象力就开始忙碌起来,究竟是怎么一种风俗?一个人到了那天该煮一把豆子还是一升一斗豆子?清煮还是加酱卤?怎么送法呢?站在街口上还是市集上呢?送给什么样的人呢?是不是包括读书人、田家、屠户、老人、小男孩、小女孩、唱歌的、说书的以及耍猴戏的、卖炊饼的……

而当黄昏,送完了所有豆子的钵子里,是不是换上了别人的豆子?我想着想着,只觉手上陡然沉重起来,低头一看,那只古人的钵子不知什么时候竟移到我手上来了。

所谓小人物的一生,也不过是那么小小的一只钵子,里面装着小小的豆子。而所谓少年就是那种欢欢喜喜地站在街头的心情吧!好天好日,好风好鸟,我们觉得跟每个擦肩而过的人都有一段好因缘。

一只小小的钵子,一堆小小的豆子,街头的人潮来了又去,怎知今日的一个凝视,不是明日的一个天涯?而这偶然的一驻足间,且让我们互赠一颗小小的玉粒似的豆子,采撷自我田亩间的豆子——所谓少年,就是那份愉悦的掬掬的兴奋。

而有一天当我年老,当我的豆子赠尽,我会捧着别人赠我的那一钵,慢慢地从大街上走回来,就着夕晖,细数那每一粒玉莹。

我喜欢

我喜欢活着,生命是如此充满了愉悦。

我喜欢冬天的阳光,在迷茫的晨雾中展开。我喜欢那份宁静淡远,我喜欢那没有喧哗的光和热。而当中午,满操场散坐着晒太阳的人,那种原始而淳朴的意象总深深地感动着我的心。

我喜欢在春风中踏过窄窄的山径,草莓像精致的红灯笼,一路殷勤地张结着。我喜欢抬头看树梢尖尖的小芽儿,极嫩的黄绿色中透着一派天真的粉红——它好像准备着要奉献什么,要展示什么。那柔弱而又生意盎然的风度,常在无言中教导我一些美丽的真理。

我喜欢看一块平平整整、油油亮亮的秧田。那细小的禾苗密密地排在一起,好像一张多绒的毯子,是集许多翠禽的羽毛织成的,它总是激发我想在上面躺一躺的欲望。

我喜欢夏日的永昼,我喜欢在多风的黄昏独坐在傍山的阳台上。小山谷里的稻浪推涌,美好的稻香翻腾着。慢慢地,绚丽的云霞被浣净了,柔和的晚星遂一一就位。我喜欢观赏这样的布景,我喜欢坐在那舒服的包厢里。

我喜欢看满山芦苇,在秋风里凄然地白着。在山坡上,在水边上,美得那样凄凉。那次,刘告诉我,他在梦里得了一句诗:"雾树芦花连江白。"意境是美极了,平仄却很拗口。想凑成一首绝句,却又不忍心改它;想联成古风,又苦于再也吟不出相当的句子。至今那还只是一句诗,一种美而孤立的意境。

我也喜欢梦,喜欢梦里奇异的享受。我总是梦见自己能飞,能跃过山丘和小河。我总是梦见奇异的色彩和悦人的形象。我梦见棕色的骏马,发亮的鬃毛在风中飞扬。我梦见成群的野雁,在河滩的丛草中歇宿。我梦见荷花海,完全没有边际,远远在炫耀着模糊的香红——这些,都是我平日不曾见过的。最不能忘记那次梦见在一座紫色的山峦前看日出——它原来必定不是紫色的,只是翠岚映着初升的红日,遂在梦中幻出那样奇特的山景。

我当然同样在现实生活里喜欢山,我办公室的长窗便是面山而开的。每次当窗而坐,总觉得满几尽绿,一种说不出的柔和。较远的地方,教堂尖顶的白色十字架在透明的阳光里巍立着,把蓝天撑得高高的。

我还喜欢花,不管是哪一种。我喜欢清瘦的秋菊、浓郁的玫瑰、孤洁的百合,以及幽娴的素馨。我也喜欢开在深山里不知名的小野花,十字形的、斛形的、星形的、球形的。我十分相信上帝在造万花的时候,赋给它们同样的尊荣。

我喜欢另一种花,是绽开在人们笑颊上的。当寒冷的早晨我走在巷子里,对门那位清癯的太太笑着说:"早!"我就忽然觉得世界是这样的亲切,我缩在皮手套里的指头不再感觉发僵,空气里充满了和善。

当我到了车站开始等车的时候,我喜欢看见短发齐耳的中学生,那样精神奕奕的,像小雀儿一样快活的中学生。我喜欢她们美好宽阔而又明净的额头,以及活泼清澈的眼神。每次看着她们老让我想起自己,总觉得似乎我仍是她们中间的一个。依然单纯地充满了幻想,仍然那样容易受感动。

当我坐下来,在办公室的写字台前,我喜欢有人为我送来当天的信件。我喜欢读朋友们的信,没有信的日子是不可想象的。我喜欢读弟弟妹妹的信,那些幼稚纯朴的句子,总是使我在泪光中重新看见南方那座燃遍凤凰花的小城。最不能忘记那年夏天,德从最高的山上为我寄来一片蕨类植物的叶子。在那样酷暑的气候中,我忽然感到甜蜜而又沁人的清凉。

我特别喜爱读者的信件,虽然我不一定有时间回复,每次捧读这些信件,总让我觉得一种特殊的激动。在这世上,也许有人已透过我看见一些东西。这不就够了吗?我不需要永远存在,我希望我所认定的真理永远存在。

我把信件分放在许多小盒子里,那些关切和情谊都被妥善地保存着。

除了信,我还喜欢看一点书,特别是在夜晚,在一灯荧荧之下。我不是一个十分用功的人,我只喜欢看词曲方面的书,有时候也涉及一些古拙的散文,偶然我也勉强自己看一些浅近的英文书,我喜欢它们文字变化的活泼。

夜读之余,我喜欢拉开窗帘看看天空,看看灿如满园春花的繁星。我更喜欢看远处山坳里微微摇晃的灯光。那样模糊,那样幽柔,是不是那里面也有一个夜读的人呢?

在书籍里面我不能自抑地要喜爱那些泛黄的线装书,握着它就觉得握着一脉优美的传统,那涩黯的纸面蕴含着一种古典的美。我很自然地想到，有几个人执过它，有几个人读过它。他们也许都过去了，历史的兴亡、人物的更迭本是这样虚幻，唯有书中的智慧永远长存。

我喜欢坐在汪教授家的客厅里，在落地灯的柔辉中捧一本线装的昆曲谱子。当他把旧得发亮的褐色笛管举到唇边的时候，我就开始轻轻地按着板眼唱起来。那柔美幽咽的水磨调在室中低回着，寂寞而空荡，像江南一池微凉的春水。我的心遂在那古老的音乐中体味到一种无可奈何的轻愁。

我就是这样喜欢着许多旧东西。那块小毛巾，是小学四年级参加《儿童周刊》父亲节征文比赛得来的；那一角花岗石，是小学毕业时和小曼敲破了各执一半的；那个布娃娃，是我儿时最忠实的伴侣；那本毛笔日记，是七岁时被老师逼着写成的；那两支蜡烛，是我过二十岁生日的时候，同学们为我插在蛋糕上的……我喜欢这些财富，以至每每整个晚上都在痴坐着，沉浸在许多快乐的回忆里。

我喜欢翻旧相片，喜欢看那个大眼睛长辫子的小女孩。我特别喜欢坐在摇篮里的那张，喜欢那么甜美无忧的时代！我常常想起母亲对我说："不管你们将来遭遇什么，总是回忆起来，你们还有一段快活的日子。"是的，我骄傲，我有一段快活的日子——不只是一段，我相信那是一生悠长的岁月。

我喜欢把旧作品一一检视，如果我看出以往作品的缺点，我就高兴得不能自抑——我在进步！我不是在停顿！这是我最快乐的事了，我喜欢进步！

我喜欢美丽的小装饰品，像耳环、项链和胸针。那样晶晶闪闪的、细细微微的、奇奇巧巧的。它们都躺在一个漂亮的小盒子里,炫耀着不同的美丽。我喜欢不时看看它们,把它们佩在我的身上。

我就是喜欢这样松散而闲适的生活,我不喜欢精密地分配时间,不喜欢紧张地安排节目。我喜欢许多不实用的东西,我喜欢充足的沉思时间。

我喜欢晴朗的礼拜天清晨,当低沉的圣乐冲击着教堂的四壁,我就忽然升入另一个境界,没有纷扰,没有战争,没有嫉恨与恼怒。人类的前途有了新的光芒,那种确切的信仰把我们带入更高的人生境界。

我喜欢在黄昏时来到小溪旁。四顾没有人,我便伸足入水——那被夕阳照得极艳丽的溪水,细沙从我的趾间流过,某种白花的瓣儿随波漂去,一会儿就灭幻了——这才发现那实在不是什么白花瓣,只是一些被石块激起的浪花罢了。坐着,坐着,好像天地间都流动着和暖的细流。低头沉吟,满溪红霞照得人眼花,一时简直觉得双足是浸在一钵花汁里。

我更喜欢没有水的河滩,长满了高及人肩的蔓草。日落时一眼望去,白石不尽,有着苍莽凄凉的意味。石块磊磊,把人心里慷慨的意绪也堆叠起来了。我喜欢那种情怀,好像在峡谷里听人喊秦腔,苍凉的余韵回转不绝。

我喜欢别人不注意的东西,像草坪上那株没有人理会的扁柏,那株瑟缩在高大龙柏之下的扁柏。每次我走过它的时候总要停下来,嗅一嗅那股清香,看一看它谦逊的神气。有时候我又怀疑它不是谦逊,因为也许它根本不觉得龙柏的存在。又或许它虽知道有龙柏存在,也不认为伟大与平凡有什么两样——事实上伟大与平凡的确也没有什么两样。

我喜欢朋友，喜欢在出其不意的时候去拜访他们。尤其喜欢在雨天去叩湿湿的大门，在落雨的窗前话旧是多么美。记得那次到中部去拜访芷的山居，我永不能忘记她看见我时的惊呼。当她连跑带跳地来迎接我，山上的阳光就似乎忽然炽燃起来了。我们走在向日葵的荫下，慢慢地倾谈着。那迷人的下午像一阕轻快的曲子，一会儿就奏完了。

我极喜欢，而又带着几分崇敬去喜欢的，便是海了。那辽阔，那淡远，都令我心折。而那雄壮的气象，那平稳的风范，以及那不可测的深沉，一直向人类做着无言的挑战。

我喜欢家，我从来还不知道自己会这样喜欢家。每当我从外面回来，一眼看到那窄窄的红门，我就觉得快乐而自豪。我有一个家，多么奇妙！

我也喜欢坐在窗前等他回家来。虽然过往的行人那样多，我总能分辨他的足音。那是很容易的，如果有一个脚步声，一入巷子就开始跑，而且听起来是沉重急速的大阔步，那就准是他回来了！我喜欢他把钥匙放进门锁中的声音，我喜欢听他一进门就喘着气喊我的英文名字。

我喜欢晚饭后坐在客厅里的时分。灯光如纱，轻轻地洒开。我喜欢听一些协奏曲，一面捧着细瓷的小茶壶暖手。当此之时，我就恍惚能够想象一些田园生活的悠闲。

我也喜欢户外的生活，我喜欢和他并排骑着自行车。当礼拜天早晨我们一起赴教堂的时候，两辆车子便并驰在黎明的道上。朝阳的金波向两旁溅开，我遂觉得那不是一辆脚踏车，而是一艘乘风破浪的飞艇，在无声的欢唱中滑行。我好像忽然又回到刚学会骑车的那个年龄，那样兴奋，那样快活，那样唯我独尊——我喜欢这样的时光。

我喜欢多雨的日子。我喜欢对着一盏昏灯听檐雨的奏鸣,细雨如丝,如一天轻柔的叮咛。这时候我喜欢和他共撑一柄旧伞去散步。伞际垂下晶莹成串的水珠——一幅美丽的珍珠帘子。于是伞下开始有我们宁静隔绝的世界,伞下缭绕着我们成串的往事。

我喜欢在读完一章书后仰起脸来和他说话,我喜欢假想许多事情。

"如果我先死了,"我平静地说着,心底却泛起无端的哀愁,"你要怎么样呢?"

"别说傻话,你这憨孩子。"

"我喜欢知道,你一定要告诉我,如果我先死了,你要怎么办?"

他望着我,神色愀然。

"我要离开这里,到很远的地方去。去做什么,我也不知道。总之,是很遥远很蛮荒的地方。"

"你要离开这屋子吗?"我急切地问,环视着被布置得像一片紫色梦谷的小屋。我的心在想象中感到一种剧烈的痛楚。

"不,我要拼命去赚很多钱,买下这栋房子。"他慢慢地说,声音忽然变得凄怆而低沉。

"让每一样东西像原来那样保持着。哦,不,我们还是别说这些傻话吧!"

我忍不住清泪泫然了,我不明白,为什么我喜欢问这样的问题。

"哦,不要痴了,"他安慰着我,"我们会一起死去的。想想,多美,我们要相携着去参加天国的盛会呢!"

我喜欢相信他的话，我喜欢想象和他一同跨入永恒。

我也喜欢独自想象老去的日子，那时候必是很美的。就好像夕晖满天的景象一样。那时候再没有什么可争夺的，可流连的。一切都淡了，都远了，都漠然无介于心了，那时候智慧深邃又明澈，爱情渐渐醇化，生命也开始慢慢蜕变，好进入另一个安静美丽的世界。啊，那时候，那时候，当我抬头看到精金的大道，碧玉的城门，以及千万只迎接我的号角，我必定是很激动又很满足的。

我喜欢，我喜欢，这一切我都深深地喜欢！我喜欢能在我心里充满着这样多的喜欢！

会过日子的女人

北方人有一句赞美女人的话,叫"会过日子"。

小时候听到这句话总要纳闷:为什么说"会过日子"呢?难道还有人不会过日子吗?人人不都在过日子吗?日子总要过的呀,多奇怪的一句话!

而且"会过日子"一词有时候竟也指节俭而言。

日子渐渐过去,人长大了,开始喜欢"会过日子"这句话了。人的一生,是一连串的岁月,是解不完的难题和困境。像一个口吃的人,给硬生生地拉到讲台上,规定要面对群众做两个小时的演讲,每一分钟都是惊险无奈,但总得讲下去,直讲到钟声响起,可以解脱为止。人,生而拥有一生,长长的一生,人的基本问题就是个体与漠漠时间和茫茫空间之间的问题(附带问题便是在此一生中和其他个体之间的问题)。看起来,"会过日子"说得倒真有道理。人,虽然都身在日子中,但真正会过日子的,毕竟是少数。

像最近一部电影《我这样过了一生》里面,杨惠珊便是那会过日子的人,她的丈夫李立群却不是。

故事从三十多年前开始，当年搬迁来台的许多人中，有一小批是"依附亲属"而来的，那些不避麻烦肯带亲戚来的人，其实也多是善良之辈，但定居之后，小小破破的房子里长年挤着一个外人，日子必然有其尴尬和磨难。而未婚夫久候不至，嫁人便成为女主角唯一的出路。

女主角爱男主角吗？如果按近年西方流行的"女性电影"立场来看，她是不爱他的（她心中自有一段遥远的恋情），不爱他而嫁他，岂不是买卖婚姻？和女性电影中的"女性自我意识抬头"的金科玉律是相违的，而杨惠珊坦然嫁了。她当时也许连去跟表姐说都说不清楚，但她心里必然隐隐知道，知道自己不是嫁过去依附谁，她嫁过去是要当家的，她知道自己能吃苦有志气，并且事事讲理——这样的女人在每一个屋顶下都是稳坐江山的。女主角是美丽的吗？当然是的，但这类女人的美基本上美在她从来没有时间去计较自己的美丑；美在雨夜行来，把别人施给她们的剩菜毅然丢在垃圾箱里（也难为导演，居然还找到1961年时期的垃圾箱）；美在她横眉竖目，怒打前妻赌纸牌的儿子，而忘了避嫌；美在她挺着肚子，到牌友家去抓丈夫回家的暴烈；美在她台风夜搂着五个孩子，坐在床上等水退的担当；美在乍听遭逢婚变的老板赞美她之余，她知礼的低眉俯首，只是淡淡的接纳，只是淡淡的拒绝；美在她离家而复返，知道丈夫并不是坏人，他只是意志力薄弱罢了，她还是得回来，回来做日子和全家的主人。户口簿上的户长虽然不是她，但她其实才是真正的户长。真正的一家之主，她不能弃职。

西方的女性电影风行一时，说"发人深省"倒未必，说"发人微省"尚可言之成理。其中《不结婚的女人》《她的第二个男人》《克拉玛对克拉玛》（也有人宁可把这一部看作男性电影的）、《法国中尉的女人》《杨朵》等都是风评和卖座皆不错的。但所谓的女性电影仍不脱家庭情感和事业等人际关系，西方谈女性自觉，往往重点总指向性（《杨朵》是个比较好的例外）。如果东方人来拍女性电影后果会如何呢？至少样样喜争第一的日本人一定不肯免俗而不谈性开放的。我认为从某个角度看，《我这样过了一生》应该可以看作一部"女性电影"。当然，反对的人可以说不然，因为这部片子触及的范围极广大，不仅是部讨论女性问题的电影而已（举例来说，《我》片亦包括1950年到1985年间的中国社会的家族伦理关系，为一项订婚而等待七八年，后母对三个幼儿的照顾，乃至临终前要求前妻女儿对自己当年未婚夫在大陆上和他人生下的儿女的越洋接济，都是社会学上的好论题），但一切好的事物不都是因为包括了较多较广较深的背景吗？一部女性电影如果只讨论女性又能讨论出一些什么来呢？"文学艺术"，亦如现代化的大生产企业，每每附加许多优良的副产品。事实上，杨惠珊本人在演这部戏前后，也经历了一段不算简单的"女性演员"的心理过程吧？一个女演员如何舍弃美丽的形象而变为肥满再复变为病枯，杨惠珊本人也历经了一段成长吧？常听人骂国片中女明星太爱美，历经死劫也能秀发一丝不紊。其实，该挨骂的不仅是女明星吧？大部分的观众喜欢才逼得她们如此吧？杨惠珊今天所作的（例如努力增肥近二十公斤）固然值得鼓掌，其实所有的观众不也该自豪吗？社会能要一个漂亮的杨惠珊并不稀罕——社会可以接受一个不漂亮的杨惠珊才叫了不起。

如果把《我》剧看作一部女性电影，应该是一部柔婉的把四十年来的中国女人做一番纪实的好片子，不探讨女权，而女权自然包含在其中。透过付出，透过卑微，透过一无所争，而终于成了一个没有人可以与她相争的人。

多么会过日子的一个女人。

——原载 1985 年 10 月 1 日台湾《人间副刊》

买橘子的两种方法

巷口有人在卖桶柑，我看了十分欢喜，一口气买了三斤，提回家来。如果不是因为书重，我还想买更多。那时，我刚结婚不久。

桶柑个头小，貌不惊人，但仔细看，其皮质光灿，吃起来则芳醇香甘，是柑橘类里我最喜欢的一种。何况今天我碰上的这批货似乎刚采撷不久，叶子碧绿坚挺，皮色的"金"和叶色的"碧"互相映衬，也算是一种"金碧辉煌"。我提着这一袋"金碧辉煌"回家，心中喜不自胜。

回到家，才愕然发现，公公也买了一袋同样的桶柑。他似乎没有发现我手上的水果，只高高兴兴地对我说：

"我今天看到有人在卖这种蜜柑，还不错，我就买了——你知道吗？买这种橘子，要注意，要拣没有梗没有叶的这种来买。你想，梗是多么重啊！如果每个橘子都带梗带叶，买个两三斤，就等于少买了一个橘子了，那才划不来。"

我愣了一下，笑笑，没说什么。原因是，我买的每一个橘子都带梗带叶。而且，我又专爱挑叶子极多的那种来买。对我而言,买这橘子一半是为嘴巴,一半是为眼睛。我爱那些绿叶,我觉得卖柑者把一部分的橘子园也借着那些叶片搬下山来了。买桶柑而附带买叶子,使我这个"台北市人"能稍稍碰触一下那种令人渴想得发狂的田园梦。

而公公那一代却是从贫穷边缘挣扎出来的,对他来说,如果避开枝叶就可以为家人争取到多一个的橘子,实在是开心至极的事。他把这"买橘秘笈"传授给我,其实是好意地示我以持家之道。公公平日待人其实很宽厚,他在小处扣省,也无非是守着传统的节俭美德。

我知道公公是对的,但我知道自己也没有错。

公公只要买橘子,我要的却更多。我如果把我买的那种橘子盛在家中一只精美的竹箩筐里,并放在廊下,就可以变成室内设计的一部分。而这种美的喜悦令人进进出出之际恍然误以为自己在柑橘园收成。对我而言那几片小叶子比花还美,而花极贵,岂容论斤称买?我把我买的叶子当插花看待,便自觉是极占便宜的一种交易。

而这个世界上,我们总是不断碰到"我对他也对"的局面。那一天,我悄悄把自己买的带叶桶柑拎进自己的卧房。对长辈,辩论对错是没有什么意义的。

许多年过去了,公公依然用他的方法买无叶橘子。而我,也用我的方法买有叶橘子。他的橘子,我嫌它光秃秃的不好看,但我知道那无损于公公忠恳俭朴的善良本性。他的买橘方法和我的一样值得尊崇敬重。

做花当做玫瑰花

可没人听说过芭乐花吧?有谁订购过杨桃花送女朋友呢?冬瓜花、西瓜花虽然将来大可以"瓜瓞绵绵",可是哪里上得了花谱!所以,要说做花,就得做漂亮的玫瑰花。做人,当然以伟大为好,否则,至少也得漂亮!

漂亮也是一种伟大!

我就是喜欢漂亮——当然,我不是没有听过公民老师的训诲,也不是不知道"内在美"比"外在美"重要。但是,去他的"内在美",一个男人或者一个女人,除非不正常,否则怎么会违反孔老夫子的常规,弄得"好德"胜于"好色"起来?(当然,大智者往往若愚,诸葛亮看到周公瑾娶了漂亮的小乔,一气,便娶了一个丑女人,历史上有名的瑜亮斗智就是自此开始的。)

我不是诸葛亮,我喜欢一切漂亮的男人、漂亮的女人、漂亮的事、漂亮的手段——反正一切漂亮的我都喜欢,至少我能容忍。

我原谅某些穿迷你裙、热裤或露背装的女人——只要她们确实是长着一双好看的大腿,一片腴白的肩背。但是如果长着痴肥的一双腿，灰油油的一副肩膀，还居然想亮相的话，我觉得简直是对服装设计师的大不敬，我如果是警察，非抓这种人不可。

我原谅裸奔——如果女人长得像维纳斯，男人长得像米开朗基罗刀下的少年大卫，我忍不住要原谅他们在春天里想脱衣服的冲动。（大人先生们何必着急呢？反正这玩意再流行也流行不过冬天，雪一下，裸奔分子不就回家烤火了吗？）但如果一个满身挂着松肉或瘦小干瘪的人也敢于裸奔的话，我就认为他们犯了猥亵罪。

我原谅林黛玉，原谅西施，原谅早死的倾国倾城的李夫人，虽然她们常常生病。"东亚病夫"大概都是这类"东亚病妇"生的。但只要生病生得像林黛玉那样桃腮泛红，星眸放光，或像西施那样颦眉捧心，娇喘不胜的话，就算送到选美会上，也能捞个"最佳病容奖"。要是像东施，虽然身体棒、演技好，又有谁敢领教？

如果我在路上被摩托车撞了，只要我定神一看，那位仁兄骑着一辆崭新耀眼的鲜红跑车，穿着漂亮泛白的牛仔裤，套着艳黄四射的一件运动衫——而且，顶要紧的，有一张"奥玛雪瑞夫式"的性格的脸，我一定软了心，爬起来自己拍灰自己走路，并且诚心地向他道歉，请他不要介意我的额头无意间撞掉了他的车漆。但如果来人骑着一辆灰不灰黄不黄的老爷车，又邋遢着一张浮肿油亮的丑脸，（或者，更不幸的，又长了些红豆。）我一定非找他算账不可！

我连流氓都同情。不管他有没有杀人越货，但只要照片上的他有一张"孩子式的脸"，血色良好的颊上有着"纯洁的微笑"，只要他有一百八十公分的身高，只要他逃亡的时候带着一个"头发如黑瀑布""苍白的脸上有两颗梦样的大眼睛"的舞女,我总是百分之百的同情他的——对漂亮的人而言,我的同情心要多少就有多少。

古时候曾有一位桓太太,听说丈夫纳妾,一气之下,直捣小公馆。本来似乎很有可能要演出一件以上的凶杀案——或者至少也是件重伤害案,但这位夫人一进门,看见那位美人正端坐在梳妆台前梳她漂亮的头发,不觉手软了。讪讪地回了家,只说一句:"我见了都心疼,也难怪那老鬼了。"这女人是一位唯美主义者,她如果托生西方世界,绝轮不到一千年后的王尔德来谈"唯美"。

其实爱漂亮爱得连自己的主观身份都忘了的大有人在,武则天当然不会喜欢那篇以"人身攻击"的方法骂她的《为徐敬业讨武曌檄》,但她只读几句就开始骂起人来——不是骂作者骆宾王,而是骂左右大臣。"都是你们!"她恨恨地拍桌子,"这种人才,你们还居然让他流落在外,都是你们的罪!"

为了檄文写得漂亮,竟然忘了挨骂的人是自己,这恐怕是女皇帝之所以为女皇帝的道理!就单为这千古以来漂亮的一骂,我已忍不住喜欢武则天了。男人中有此漂亮风度的似乎只有曹操,他对骂他的文章说过一句:"愈我头风!"

能写这种漂亮的文章当然不易,但读完了骂自己的漂亮文章而能做一种这么漂亮的手势尤其难得!——索尔仁尼琴那些骂克里姆林宫的文章是白写了,我还以为俄国政府至少应该为这封信颁给他一份普希金文学奖呢!

其实,依我这种死爱漂亮的无知小民的浅见,世界上每件事都是靠漂亮起家,(我最不屑听什么论女人则论气质的话,你削掉她一个鼻子——不，半个鼻子——试试，包管你什么气质都削掉啦！）不是有人说过吗？只要埃及艳后的鼻子多长一寸，历史就要改写了。

就是世界大事，也是跟"漂亮"有关系的。依我看，以色列所以能把军火贩到手，无非是以色列兵看起来比阿拉伯兵帅的结果。而肯尼迪总统当年所以能在选举中大获全胜，何尝不是由于其本人的英俊加上肯太太的风韵。如果尼太太也跟肯太太一样漂亮，哪里会有水门案，谁还忍心骂她用公款买钻石呢？

老实说，国跟国之间的外交关系，其脆薄无用跟结婚证书是没有什么两样的，一旦人老珠黄，停妻再娶或找野女人的事是不免有的。到时候还不赶快买盒"淑女修容粉饼"把自己打点打点，光扯着喉咙向四邻哭自己的"内在美"又有什么用！

我就是喜欢"外在美"，我就是喜欢漂亮，谁敢吃烂了皮的樱桃呢？我也以小人之心度君子之腹，深信全世界的人都跟我一样浅薄。没有人管你的土地政策，没有人管你的政府有没有杀作家的习惯，没有人管你抢劫犯多不多，没有人管你的文化深厚不深厚——他们只想看看手边有没有一本贵国的彩色烫金宣传手册，手册上面摄影效果弄得好不好。

这是一个"三围"比"四德"重要的时代，我是等不及地想去做玫瑰花了，你呢？

后记：拳术上有所谓"四两拨千斤"的话，在政治上，四两的宣传也一样可以拨得千斤的政绩。其实这年头，不懂宣传，不爱漂亮的人已经可以说绝种了。如今守着摊子做生意而不懂得广告术的，大概只剩下教会和官府这两家老店了。

别人的同学会

出门的时候,她蔫蔫的,一副意兴阑珊的样子。

多年夫妻了,装高兴的那种把戏看来也大可不必了。装假,实在是很累人的事,更何况,装得不好是会给人拆穿的,反而没趣。

他应该也看出来了,但大概由于理亏,也就不好意思说什么。两人叫了计程车,便往豪华饭店驰去。她本来就讨厌吃"泼费"("尽量吃饱"的意思),何况又是去跟丈夫的同学吃。

世上无聊的事很多,陪配偶的老同学吃饭大概也算一桩吧?今天的晚宴,她想象起来,也不觉得会有什么乐趣。所谓"老友",本来天经地义,就该有点排外。老友聊天如果不能令别人目瞪口呆,片言只语也插不进,那也不叫"老友"了。

这种场合,她知道,做妻子的去了,实在了无生趣。但不去,又显得做丈夫的没面子,连个老婆也搬不动,只好勉勉强强无精打采地去走一遭。等一下,等到达饭店,她会把笑容拿出来挂上脸去,她会把自己装作"鸽派人士"。但现在,她想要休息一下,她把自己缩成一条还没有吹胀的气球,萎缩且扭曲,窝在座椅上。

坐上桌以后，果不出所料，几个男人开始大谈想当年，女人则静静地听，静静地吃，完全插不上嘴。同学会这种地方是不该带配偶的，太不人道了，她想，各人跑各人自己的同学会才对。好在几个太太都是质朴的人，人家低头吃东西，倒也相安。曾经碰到某些太太没话找话说，那才叫累人。

忽然，话锋一转，他们谈到了作弊。而且，他们一致把眼睛望向她的丈夫。

"哎呀，真的，我们班上唯一考试不作弊的人，就是你呀！"

"对呀，就是你，只有你一个！"

她吃了一惊，原来他是唯一的一个！她自己考试不作弊，总以为天下人都该不作弊，没料到丈夫当年竟是唯一的一个。

"那你呢？你也作弊啦！"有个太太多此一举地瞪眼问自己的丈夫。

"我不作弊我就毕不了业了！"那丈夫理直气壮地回答。

她默默地吃着，什么话也没讲。心里却对自己说，啊，想来那男孩当年也蛮可爱的，虽然现在的他已是"中厚"人士，虽然他坐在自己身边竭力不为那份诚实而自得自豪。他的确是个诚实的君子，相处三十多年后，她倒也能为这句话盖上印章，打上包票。

"有时去参加别人的同学会倒也不完全是无聊的事。"

回家的路上，挽着丈夫的手，她想。

成圣的女子

跟人谈往事，W只谈她的大学生涯。至于中学，她总不肯说起。她中学读一所天主教女子中学，校园绝美，修女在长廊的光影间穿行，无声无尘。长夏无事，花开花落，松鼠在老树的枝柯间一跃而过，飞快而美丽的那一跃，正仿佛她的青春岁月，稍纵即逝。她不肯谈，因为不相信有人会懂。

她去望弥撒，不是因为皈依天主，而是因为迷上彩色玻璃被阳光照透的感觉。她去听教义，是因为管风琴。她办告解，是因为年轻神父忧伤的侧影。她坐在凤凰树下手捧玫瑰经，则是为了可以远远偷看黎修女灰绿晶亮的眸子。

黎修女极美，这倒不稀罕，修女里面长得端庄秀雅的人多得是。但黎修女不同，她的眉尖眼角都犹带风情。她的身体隔着素袍，虽不惹眼，但也看得出来绝不是一截枯木。十六岁的W对黎修女既崇拜又困惑。

"我想做修女耶。"有一次，她撒娇似的说。

"要有天主的圣宠才可以。"黎修女的中国话说得不够好，却反而因此一字一字都斩钉截铁。

"如果我做修女,"W 的眼神有点使坏,"我可不可能封成圣人?是不是只有男的神父才能封成圣人?'圣人'这个词有没有阴性的?"

黎修女不理她的问题,只定定地望着她,说:

"女人当然可以封圣人,但是那不重要,所有的女人,如果结了婚,生了孩子,她就等于是'圣人'。"

"只要结婚、生孩子,就可以做圣人吗?——那,我要快点去找个白马王子来嫁。"

"嫁了白马王子的那个女孩子,是不能变成圣人的。"黎修女一脸正经。

"那么,嫁给什么样的男人才会变成圣人呢?"

"嫁给普通的男人。"

"怎样的男人是普通的男人?"

"譬如说,那男人懒惰,你就只好勤快,你勤快的时候你就很像圣人了。

"又譬说,那男人暴躁,你就只好温柔,你温柔的时候,你就很像圣人了。

"有的时候,那男人不忠,你有什么办法,你只好饶恕。你饶恕的时候,你就很像圣人了。

"如果那男人该还谁的钱还没有还,你却替他还了;该去探哪个亲友的病没有去,你却替他探了,他不知道感谢,你就很像圣人了——圣人活着的时候,常常是被人忘了的。"

"哎呀,你又没有结过婚,"W 爱娇地叫起来,"你怎么会懂婚姻的?"

"我没有,但是我的妈妈结过婚啊!"黎修女大笑,一面和蔼地拍了她的肩,"别害怕,我是跟你开玩笑的啦!要勇敢哦,别被我吓倒了!"

笑声未歇,四十年竟已过去。今年夏天,她带着小孙女回国,顺便到黎修女坟上献一束百合,她离世倏忽已十年。

"黎修女!"她叩叩墓碑轻声地说,"你知道吗?我已成圣了呢!照你说的,我和一个普通的男人结了婚,三十年,我已经'成圣'了,你说的话,我现在全懂了。"

阳光下观音石的墓碑光洁微温,一如黎修女当年沉沉的素袍。

——原载 1995 年 9 月 18 日台湾《人间副刊》

等你四十五分钟

有位朋友,香港人,为人明快,写文章做学问也都斩截利落,令人羡慕。

有一次,我经过香港,他请我吃饭,电话里他形容出地铁后的相见地点,讲得清楚明白,有如军事地图:

"只约在地下铁是不行的,还得要说明出口。不然地下铁那么大的范围,一定跑错,说明出口还不够,每个大出口又分几个小出口。"

我听他条述缕陈,对自己平日的粗心大意不胜惭愧。

他不单把空间形容得一清二楚,接着他又开始讲时间:

"我们约六点半见面,但世界上的事很难讲,有时地下铁停电的事也不是不会发生。总之,你先到你等一下。我先到,我等一下。但如果等了四十五分钟还没有出现,那就是发生不可抗拒的事情了。那时候,我们就各自想办法自己去吃晚饭,谁也别等谁了。总之,在这个世界上无论为了什么理由,都不能等人等到超出四十五分钟以上。"

那天,我们由于他的清楚叙述,所以在指定的时空见了面吃了饭。但我事后回味不已的，仍是他那番"约会学"。想起有位朋友和我讲了个故事，也不知是不是她自己的。一对年轻的男孩和女孩，相约在图书馆见面，不料到时候空等了许久，彼此竟没见到。年轻气盛，两人也没解释什么便轻易分手了。二十年后偶遇，早已是男婚女嫁。基于好奇，他们质问对方当年为何不赴约。答案很悲伤，原来他们一个人在图书馆里面等，一个人在图书馆外面等。

另外一个约会失误的故事也相仿，按照美国人的习惯，如果写11/12，就是指十一月十二号，而在英国系统的解读法里，这个指的是十二月十一日，一对异国恋人便因此而相失相误了。

这种故事，碰到我这位精确而深谙约会法则的香港朋友就可以避免发生。

另，《庄子》书中有位尾生，他与女子相约于桥下。女子不来，尾生大概是遵循那种"不见不散"原则的人，便继续等下去。不幸当日溪水暴涨，尾生抱着桥柱，活活淹死了。

这种事，碰到我那位香港朋友，也可逃过一劫。管你是皇天老子，四十五分钟一过，他绝对走开，去找食物喂饱自己。这也好，减轻我不少心理负担，万一我因事不能到（例如临时昏倒住院），对方却没日没夜一直苦等下去，那真是可怕的梦魇。

不知道香港人中像我那位朋友那么精确的人多不多。我自己的观察是港人比较具有"忧患意识"，懂得保护自己少吃亏。港人很早就进入商业社会，办起事来历历分明。而且，似乎从英国人那里学会了管理观念，所以凡事井井有条。

世上的人，似乎无论是谁，都不必在约会中等他等到四十五分钟以上。就算是情人，如无特殊理由也可以就此休矣。这位朋友用这么简单的数字就把一件麻烦的事了断得如此清明，我不胜佩服。

　　当然，佩服之余，也有点惘惘然说不清的怅惜之情。大概我一方面也仍然留恋故事中那女主角几十年如一日，每日仍在火车站等着，等着那当年和她相约一起坐火车私奔他乡却爽约了的男子……

女人，和她指甲刀

"要不要买一把小指甲刀？"张小泉剪刀很出名的，站在灵隐寺外，我踌躇，过去看看吧！好几百年的老店呢！

果真不好，其实我早就料到，旅行在那个名叫赤县神州的地方，你要把自己武装好，以免因失望太多而生病。

回到旅馆，我赶紧找出自己随身带的那只指甲刀来剪指甲，虽然指甲并不长，但我急着重温一下。这把好指甲刀是大家的，连感冒，很可能也是有难同当。

唉！

我决定自救，我要去买一把指甲刀给自己，这指甲刀只属于我，谁都不许用！以后你们要掉刀是你们的事！

我要保持我的指甲刀不掉。

这几句话很简单，但不知为什么我每次企图说服自己的时候，都有小小的罪疚感。还好，终于，有一天，我把自己说服了，把刀买了，并且鼓足勇气向其他三口家人说明。

我珍爱我的指甲刀，它是我在婚姻生活里唯一一项"私人财产"。

深夜，灯下，我剪自己的指甲，用自己的指甲刀，我觉得幸福。剪指甲的声音柔和清脆，此刻我是我，既不妻，也不母，既不贤，也不良，我只是我。远方，仍有一个天涯等我去行遍。

——原载 1995 年 5 月 22 日台湾《人间副刊》

一个女人的爱情观

忽然发现自己的爱情观很土气,忍不住自笑了起来。

对我而言,爱一个人就是满心满意要跟他一起"过日子",天地鸿蒙荒凉,我们不能妄想把自己扩充为六合八方的空间,只希望以彼此的火烬把属于两人的一世时间填满。

客居岁月,暮色里归来,看见有人当街亲热,竟也视若无睹,但每看到一对人手牵手提着一把青菜一条鱼从菜场走出来,一颗心就忍不住恻恻地痛了起来,一蔬一饭里的天长地久原是如此味永难言啊!相拥的那一对也许今晚就分手,但一鼎一镬里却有其朝朝暮暮的恩情啊!

爱一个人原来就只是在冰箱里为他留一只苹果,并且等他归来。

爱一个人就是在寒冷的夜里不断在他的杯子里斟上刚沸的热水。

爱一个人就是喜欢两人一起收尽桌上的残肴,并且听他在水槽里刷碗的音乐——事后再偷偷把他不曾洗干净的地方重洗一遍。

爱一个人就有权利霸道地说：

"不要穿那件衣服，难看死了，穿这件，这是我新给你买的。"

爱一个人就是一本正经地催他去工作，却又忍不住躲在他身后想捣几次小小的蛋。

爱一个人就是在拨通电话时忽然不知道要说什么，才知道原来只是想听听那熟悉的声音，原来真正想拨通的，只是自己心底的一根弦。

爱一个人就是把他的信藏在皮包里，一日拿出来看几回、哭几回、痴想几回。

爱一个人就是在他迟归时想上一千种坏可能，在想象中经历万般劫难，发誓等他回来要好好罚他，一旦见面却又什么都忘了。

爱一个人就是在众人暗骂："讨厌！谁在咳嗽！"你却急道："唉，唉，他这人就是记性坏啊，我该买一瓶川贝枇杷膏放在他的背包里的！"

爱一个人就是上一刻钟想把美丽的恋情像冬季的松鼠秘藏坚果一般，将之一一放在最隐秘最安妥的树洞里，下一刻钟却又想告诉全世界这骄傲自豪的消息。

爱一个人就是在他的头衔、地位、学历、经历、善行、劣迹之外，看出真正的他不过是个孩子——好孩子或坏孩子——所以疼了他。

也因此，爱一个人就喜欢听他儿时的故事，喜欢听他有几次大难不死，听他如何淘气惹厌，怎样善于玩弹珠或打"水漂漂"，爱一个人就是忍不住替他记住了许多往事。

爱一个人就不免希望自己更美丽，希望自己被记得，希望自己的容颜体貌在极盛时于对方如霞光过目，永不相忘，即使在繁花谢树的残冬，也有一个人沉如历史典册的瞳仁可以见证你的华彩。

爱一个人总会不厌其烦地问些或回答些傻问题，例如："如果我老了，你还爱我吗？""爱！""我的牙都掉光了呢？""我吻你的牙床！"

爱一个人便忍不住迷上那首《白发吟》：

> 亲爱，我年已渐老
> 白发如霜银光耀
> ……
> 唯你永是我爱人
> 永远美丽又温存……

爱一个人常是一串奇怪的矛盾，你会依他如父，却又怜他如子；尊他如兄，又复宠他如弟；想师事他，跟他学，却又想教导他把他俘虏成自己的徒弟；亲他如友，又复气他如仇；希望成为他的女皇，他唯一的女主人，却又甘心做他的小丫鬟小女奴。

爱一个人会使人变得俗气，你不断地想：晚餐该吃牛舌好呢？还是猪舌？蔬菜该买大白菜？还是小白菜？房子该买在三张犁呢？还是六张犁？而终于在这份世俗里，你了解了众生，你参与了自古以来匹夫匹妇的微不足道的喜悦与悲辛，然后你发觉这世上有超乎雅俗之上的情境，正如日光超越调色盘上的色样。

爱一个人就是喜欢和他拥有现在，却又追记着和他在一起的过去。喜欢听他说，那一年他怎样偷偷喜欢你，远远地凝望着你。爱一个人又总期望着未来，想到地老天荒的他年。

爱一个人便是小别时带走他的吻痕，如同一幅画，带着鉴赏者的朱印。

爱一个人就是横下心来，把自己小小的赌本跟他合起来，向生命的大轮盘去下一番赌注。

爱一个人就是让那人的名字在临终之际成为你双唇间最后的音乐。

爱一个人，就不免生出共同的、霸占的欲望。想认识他的朋友，想了解他的事业，想知道他的梦。希望共有一张餐桌，愿意同用一双筷子，喜欢轮饮一杯茶，合穿一件衣，并且同衾共枕，奔赴一个命运，共寝一个墓穴。

前两天，整收房间，理出一只提袋，上面赫然写着"××孕妇服装中心"，我愕然许久，既然这房子只我一人住，这只手提袋当然是我的了，可是，我何曾跑到孕妇店去买衣服？于是不甘心地坐下来想，想了许久，终于想出来了。我那天曾去买一件斗篷式的土褐色短褛，便是用这只绿色袋子提回来的，我是的确闯到孕妇店去买衣服了。细想起来那家店的模特儿似乎都穿着孕妇装，我好像正是被那种美丽沉甸的繁殖喜悦所吸引而走进去的。这样说来，原来我买的那件宽松适意的斗篷式短褛竟真是给孕妇设计的。

这里面有什么心理分析吗？是不是我一直追忆着怀孕时强烈的酸苦和欣喜而情不自禁地又去买了一件那样的衣服呢？想多年前冬夜独起，灯下乳儿的寒冷和温暖便一下子涌回心头，小儿吮乳的时候，你多么希望自己的生命就此为他竭泽啊！

对我而言，爱一个人，就不免想跟他生一窝孩子。

当然，这世上也有人无法生育，那么，就让共同养育的学生，共同经营的事业，共同爱过的子侄晚辈，共同谱成的生活之歌，共同写完的生命之书来做他们的孩子。

也许还有更多更多可以说的，正如此刻，爱情对我的意义是终夜守在一盏灯旁，听车声退潮再复涨潮，看淡紫的天光愈来愈明亮，凝视两人共同凝视过的长窗外的水波，在矛盾的凄凉和欢喜里，在知足感恩和渴切不足里细细体会一条河的韵律，并且写一篇叫《爱情观》的文章。

第四辑

不知道他回去了没有

不知道他回去了没有

车子是一辆野鸡车,拉够客人就走的那种。路程是从中坜到台北——一小时的因缘聚散。

大家互不相识,看来也没有谁打算应酬谁,车一上路,大家就闭目养起神来。

"慢点,慢点,"后座有一个老妇人叫起来,"不要超车——"

"免惊啦!"司机是志得意满的少年家,"才开一百就叫快,我开一百四都不怕的。"

大家又继续养神,阳光很好,好到让人想离开车子出去走走。

"要说出事情,也出过一次的啦!"没有人问他,他自顾自地说起来,"坏运,碰到一个老芋仔(指老兵),我原来想,这人没有老婆儿子,不会来吵。后来才知道,他的朋友不知有多少哇!全来了,我想完了,这下不知要开多少钱。最后他们老连长出来说话了,他说:'人死了,不用赔。火葬费我们大家凑,也不要你出。但有一天可以回大陆的时候,你就要给他披麻戴孝,把他送回安徽去下葬。'"

"安徽？阿娘喂，我哪里知道安徽在哪里啊？"

"可是那时候也没办法，他又不要钱，我只好答应了。现在那老连长还一年半年就打电话来，我想想就怕，安徽是不是比美国还远啊？"

——这是十五年前的旧事了，开放回大陆探亲以后，我常想起司机口中那遭人撞死的老芋仔。他，和他的骨灰，不知有没有回去？不知有没有人为他披麻戴孝地送他回到安徽？

尘　缘

大约两岁吧,那时的我。父亲中午回家吃饭,匆匆又要赶回办公室去。我不依,抓住他宽边的军腰带不让他系上,说:"你戴上这个就是要走了,我不要!"我抱住他的腿不让他走。

那时代的军人军纪如山,父亲觉得迟到之罪近乎通敌。他一把抢回了腰带,还打了我——这事我当然不记得了,是父亲自己事后多次提起,我才印象深刻。父亲每提此事,总露出一副深悔的样子,我有时想,挨那一顿打也真划得来啊,父亲因而将此事记了一辈子,悔了一辈子。

"后来,我就舍不得打你。就那一次。"他说。

那时,两岁的我不想和父亲分别。半个世纪之后,我依然抵赖,依然想抓住什么留住父亲,依然对上帝说:

"把爸爸留给我吧!留给我吧!"

然而上帝没有允许我的强留。

当年小小的我不知道自己为什么留不住爸爸,半世纪后,我仍然不明白父亲为什么非走不可?当年的我知道他系上腰带就会走,现在的我知道他不思饮食,记忆涣散便也是要走。然而,我却一无长策，眼睁睁看着老迈的他杳杳而逝。

记忆中小时候，父亲总是带我去田间散步，教我阅读名叫"自然"的这部书。他指给我看螳螂的卵，他带回被寄生蜂下过蛋的虫蛹。后来有一次我和五阿姨去散步，三岁的我偏头问阿姨道：

"你看，菜叶子上都是洞，是怎么来的？"

"虫吃的。"阿姨当时是大学生。

"那，虫在哪里？"

阿姨答不上来，我拍手大乐。

"哼，虫变蛾子飞跑了，你都不知道，虫变蛾子飞跑了！你都不知道！"

我对生物的最初惊艳，来自父亲，我为此终生感激。

然而父亲自己蜕化而去的时候，我却痛哭不依，他化蝶远扬，我却总不能相信这种事竟然发生了，那么英挺而强壮的父亲，谁把他偷走了？

父亲九十一岁那年，我带他回故乡。距离他上一次回乡，前后是五十九年。

"你不是'带'爸爸回去，是'陪'爸爸回去。"我的朋友纠正我。

"可是，我的情况是真的需要'带'他回去。"

我们一行四人，爸爸妈妈我和护士。我们用轮椅把他推上飞机，推入旅馆，推进火车。火车一离南京城，就到了滁县。我起先吓了一跳，"滁州"这种地方好像应该好好待在欧阳修的《醉翁亭记》里，怎么真的有个滁州在这里。我一路问父亲，现在是什么站了,他一一说给我听,我问他下一站的站名,他也能回答上来。奇怪,平日颠三倒四的父亲,连吃过了午饭都会旋即忘了又要求母亲开饭,怎么一到了滁州城附近就如此凡事历历分明起来?

"姑娘(即姑母)在哪里?"

"渚兰。"

"外婆呢?"

"住宝光寺。"

其他亲戚的居处他说来也都了如指掌,这是他魂里梦里的所在吧?

"大哥,你知道这是什么田?"三叔问他。

"知道,"爸爸说,"白芋田。"

白芋就是白番薯的意思,红番薯则叫红芋。

不知为什么,近年来他像小学生,总乖乖回答每一道问题。"翻白芋秧子你会吗?"三叔又问。

"会。"

白芋秧子就是番薯叶,这种叶子生命力极旺盛,如果不随时翻它,它就会不断抽长又不断扎根,最后白芋就长不好了。所以要不断叉起它来,翻个面,害它不能多布根,好专心长番薯。

年轻时的父亲在徐州城里念师范,每次放假回家,便帮忙农事。我想父亲当年年轻,打着赤膊,在田里执叉翻叶,那个男孩至今记得白芋叶该怎么翻。想到这里,我心下有一份踏实,觉得在茫茫大地上,也有某一块田是父亲亲手料理过的,我因而觉得一份甜蜜安详。父亲回乡,许多杂务都是一位安营表哥打点的,包括租车和食宿的安排。安营表哥的名字很特别,据说那年有军队过境，在村边安营，表哥就叫了安营。

"这位是谁你认识吗？"我们问父亲。

"不认识。"

"他就是安营呀！"

"安营？"父亲茫然，"安营怎么这么大了？"

这组简单的对话，一天要说上好几次，然而父亲总是不能承认面前此人就是安营。上一次，父亲回家见他，他年方一岁，而今他已是儿孙满堂的六十岁老人。去家离乡五十九年，父亲的迷糊我不忍心用老年痴呆解释。两天前我在飞机上见父亲读英文报，便指些单字问他：

"这是什么字？"

"西藏。"

"这个呢？"

"以色列。"

我惊讶他一一回答，奇怪啊，父亲到底记得什么又到底不记得什么呢？

我们到田塍边谒过祖父母的坟，爸爸忽然说：

"我们就回家去吧！"

"家？家在那里？"我故意问他。

"家，家在屏东呀！"

我一惊，这一生不忘老家的人其实是以屏东为家的。屏东，那永恒的阳光的城垣。

家族中走出一位老妇人，是父亲的二堂婶，是一切家人中最老的，九十三了，腰杆笔直，小脚走得踏实迅快，他把父亲看了一眼，用乡下人简单而大声的语言宣布：

"他迁了！"

迁，就是乡人说"老年痴呆"的意思，我的眼泪立刻涌出来，我一直刻意闪避的字眼，这老妇人竟直截了当地道了出来。如此清晰如此残忍。

我开始明白"父母在"和"父母健在"是不同的，但我仍依恋仍不舍。

父亲在南京旅馆时有老友陈颐鼎将军来访。陈伯伯和父亲是乡故，交情素厚，但我告诉他陈伯伯在楼下，正要上来，他却勃然色变，说：

"干吗要见他？"

这陈伯伯曾到过台湾，训练过一批新兵，那时是一九四六年。这批新兵训练得还不太好就上战场了，结果吃了败仗，以后便成了台籍滞留大陆的老兵，陈伯伯也就因而成了共产党人。

"我一辈子都不见。"他说，一脸执拗。

他不明白说这种话不合时宜了。

陈伯伯进来，我很紧张，陈伯伯一时激动万分，紧握爸爸的手热泪直流。爸爸却淡淡的，总算没赶人家出去，我们也就由他。

"陈伯伯和我爸爸当年的事，可以说一件给我听听吗？"事后我问陈妈妈。

"有一次，打仗，晚上也打，不能睡，又下雨，他们两个人困极了，就穿着雨衣，背靠着背地站着打盹。"

我又去问陈伯伯：

"我爸爸，你对他印象最深的是什么？"

"他上进,他起先当'学兵',看人家黄埔出身,他就也去考黄埔。等黄埔出来,他想想,觉得学历还不够好,又去读陆军大学,然后,又去美国……"

陈伯伯位阶一直比父亲稍高,但我看到的他只是个慈祥的老人,喃喃地说些六十年前的事情。

爸爸急着回屏东,我们就尽快回来了。回来后的父亲安详贞定,我那时忽然明白了,台湾,才是他愿意埋骨的所在。

一九四九年,爸爸本来是最后一批离开重庆的人。
"我会守到最后五分钟。"

他对母亲说,那时我们在广州,正要上船。他们两人把一对日本鲨鱼皮军刀各拿了一把,那算是家中比较值钱的东西,是受降时分得的战利品。

"但愿人长久,千里共婵娟。"

战争中每次分手,爸爸都写这句话给妈妈。那时代的人令人不解,仿佛活在电影情节里,每天都是生离死别。

后来父亲遇见了一个旧日部属,那部属在战争结束后改行卖纸烟,他给了父亲几条烟,又给了他一张假身份证,把张家闲的名字改成章佳贤,且缝了一只土灰布的大口袋作烟袋,父亲就从少将军官变成烟贩子。背上了袋子,他便直奔山区而去,参加游击队。以后取道法属越南的老挝转香港飞台湾,这一周折,使他多花了一年零二十天才和家人重逢。

那一年里我们不幸也失去外婆,母亲总是胃痛,痛的时候便叫我把头枕在她胃上，说是压一压就好了。那时我小，成天到小池塘边抓小鱼来玩，忧患对我是个似聋非瞳的怪兽，它敲门的时候，不归我应门。他们把外婆火化了，打算不久以后带回老家去，过了二十年，死了心，才把她葬在三张犁。

爸爸从来没跟我们提他被俘和逃亡的艰辛，许多年以后，母亲才陆续透露几句。但那些恐惧在他晚年时却一度再现。有天妈妈外出回来，他说：

"刚才你不在，有人来跟我收钱。"

"收什么钱？"

"他说我是甲级战俘，要收一百块钱，乙级的收五十块。"

妈妈知道他把现实和梦境搞混了，便说：

"你给了他没有？"

"没有，我告诉他我身上没钱，我太太出去了，等下我太太回来你跟她收好了。"

那是他的梦魇，四十多年不能抹去的梦魇，奇怪的是梦魇化解的方法倒也十分简单，只要说一句"你去找我太太收"就可以了。

幼小的时候，父亲不断告别我们，及至我十七岁读大学，便是我告别他了。我现在才知道，虽然我们共度了半个世纪，我们仍算父女缘薄！这些年，我每次回屏东看他，他总说：

"你是有演讲，顺便回来的吗？"

我总嗯哼一声带过去。我心里想说的是，爸爸啊，我不是因为要演讲才顺便来看你的，我是因为要看你才顺便答应演讲的啊！然而我不能说，他只容我"顺便"看他，他不要我为他担心。

有一年中秋节，母亲去马来探妹妹，父亲一人在家。我不放心，特别南下去陪他，他站在玄关处骂起我来：

"跟你说不用回来、不用回来，你怎么又跑回来了？你回来，回去的车票买不到怎么办？叫你别回来，不听。"

我有点不知所措，中秋节，我丢下丈夫孩子来陪他，他反而骂我。但愣住几秒钟后，我忽然明白了，这个钢铮的北方汉子，他受不了柔情，他不能忍受让自己接受爱宠，他只好骂我。于是我笑笑，不理他，且去动手做菜。

父亲对母亲也少见浪漫镜头，但有一次，他把我叫到一边，说："你们姐妹也太不懂事了！你妈快七十的人了，她每次去台北你们就这个要五包凉面，那个要一只盐水鸭，她哪里提得动？"

母亲比父亲小十一岁，我们一直都觉得她是年轻的那一个，我们忘记她也在老。又由于想念屏东眷村老家，每次就想买点美食来解乡愁，只有父亲看到母亲已不堪提携重物。

由于父亲是军人，而我们子女都不是，没有人知道他在他那行算怎样一个人物。连他得过的二枚云麾勋章，我们也弄不清楚相等于多大的战绩。但我读大学时有次站在公交车上，听几个坐在我前面的军人谈论陆军步兵学校的人事，不觉留意。父亲曾任步校的教育长、副校长，有一阵子也代理校长。我听他们说着说着就提到父亲，我心跳起来，不知他们会说出什么话来，只听一个说：

"他这人是个好人。"

又一个说：

"学问也好。"

我心中一时激动不已，能在他人口碑中认识自己父亲的好，真是幸运。

又有一次，我和丈夫孩子到鹭鸶潭去玩，晚上便宿在山间。山中有几椽茅屋，是些老兵盖来做生意的，我把身份证拿去登记，老兵便叫了起来：

"呀，你是张家闲的女儿，副校长是我们老长官了，副校长道德学问都好的，这房钱，不能收了。"

我当然也不想占几个老兵的便宜，几经推扯，打了折扣收钱。其实他们不知道，我真正受惠的不是那一点折扣，而是从别人眼中看到的父亲正直崇高的形象。

八十九岁，父亲去开白内障，打了麻药还没有推入手术室，我找些话跟他说，免得他太快睡着。

"爸爸，杜甫，你知道吗？"

"知道。"

"杜甫的诗你知道吗？"

"杜甫的诗那么多，你说哪一首啊？"

"我说《兵车行》'车辚辚'那下面是什么？"

"马萧萧。"

"再下面呢？"

"行人弓箭各在腰，爷娘妻子走相送，尘埃不见咸阳桥，牵衣顿足拦道哭，哭声直上干云霄……"

我的泪直滚滚地落下来，不知为什么，透过一千二百年前的语言，我们反而狭路相遇。

人间的悲伤，无非是生离和死别，战争是生离和死别的原因，但，衰老也是啊！父亲垂老，两目视茫茫，然而，他仍记得那首哀伤的唐诗。父亲一生参与了不少战争，而衰老的战争却是最最艰辛难支的战争吧？

我开始和父亲平起平坐地谈起诗来，是在初中阶段。父亲一时显然惊喜万分，对于女儿大到可以跟他谈诗的事几乎不能置信。在那段清贫的日子里谈诗是有实质的好处的，母亲每在此时烙一张面糊饼，切一碟卤豆干，有时甚至还有一瓶黑松汽水。我一面吃喝，一面纵论，也只有父亲容得下我当时的胡言吧？

父亲对诗，也不算有什么深入研究，他只是熟读《唐诗三百首》而已。我小时常见他用的那本，扉页已经泛黄，上面还有他手批的文字。成年后，我忍不住偷来藏着，那是他一九四一年六月在浙江金华买的，封面用牛皮纸包好。有一天，我忽然想换掉那老旧的包书纸，不料打开一看，才发现原来这张牛皮纸是一个公文袋，那公文袋是从国防部寄的，寄给联勤总部副官处处长，那是父亲在南京时的官职，算来是一九四六、一九四七年的事了。前人惜物的真情比如今任何环保宣言都更实在。父亲走后，我在那层牛皮纸外再包它一层白纸，我只能在千古诗情里去寻觅我遍寻不获的父亲。

父亲去时是清晨五时半，终于，所有的管子都拔掉了，九十四岁，父亲的脸重归安谧祥和。我把加护病房的窗帘打开，初日正从灰红的朝霞中腾起，穆穆皇皇，无限庄严。

我有一袋贝壳,是以前旅游时陆续捡的。有一天,整理东西,忽然想到它们原是属于海洋的。它们已经暂时陪我一段时光了,一切尘缘总有个了结,于是决定把它们一一放回大海。

而我的父亲呢?父亲也被归回到什么地方去了吗?那曾经剑眉星目的英飒男子,如今安在?我所挽留不住的,只能任由永恒取回。而我,我是那因为一度拥有贝壳而聆听了整个海潮音的小孩。

——原载 1996 年 12 月台湾《联副》

一　番

让我话从两头说起：

有一年，带孩子去日本玩，八月底九月初的天气，不料早晨薄凉，于是叫儿子穿件套头毛衣出去。逛到浅草一带，太阳出来了，忽然之间天气又恢复为夏日，孩子热得受不了，我只好打破旅行不购物的原则，去小店里为他找一件 T 恤。

找到一件草绿色的，那绿像军服的绿，胸前有二个橘色大字：一番。

一番？我有点吃惊，一番什么？一番春梦？一番爱情？一番人生，总之，不管什么活动，也只是走过一番罢了。

儿子后来飞快地长大了，这件衣服他再穿不下，我只好捡来自己穿。

故事的另一端是我有个香港朋友，男的，他有个女秘书。有次赴日本开会，他因业务需要便带着这位女秘书同行。不料这位女秘书一到日本立刻跟一位日本男孩热恋起来。会开完了，男孩竟抛了学业跟她回香港，女秘书当然也就辞了职结婚去了。男孩没有了学历，在香港又举目无亲，二人便转到澳门去做导游，专做日本观光客生意。后来又生了孩子，算是恩恩爱爱的一对标准夫妻。

有一天，这位朋友带我去澳门玩，加上他的公司员工，浩浩荡荡一队人马。到了澳门，想起从前那位女秘书，便打电话叫他们一家也来聚聚，于是他们抱着孩子前来赴席。

而那天，我身上便穿着那件"一番"衫。朋友介绍之后，日本男孩盯着我看了一下，忍住什么似的，欲言又止，终于没有说话。筵席快吃完了，男孩向我举杯，并且结结巴巴地开了口：

"你这件T恤，有没有多的一件？如果有，可不可以让给我，如果没有，可不可以就把这件让给我——这日本制的T恤，让我想起家来。"

我摇摇头，这件衣服有我和儿子的共同记忆，我舍不得卖它。男孩也很知趣，不再说什么。

我乘机问他"一番"在日本是什么意思，他说是"第一"的意思，我恍然失笑，原来不是指人生的一番历练。

那天晚上的饭局，他的脸上写满了落寞。

看得出来他深爱妻小，对自己的行业也很投入，但他脸上的落寞令我不忍。

大概，人类总有一个角落，是留给自己的族人的，那个角落，连爱情也填它不满。

受降者

——捐出"中字第一号备忘录"收执和"中字第二、三、四号备忘录"收执有感

结束了香港的教书生涯,我匆匆回台北,然后又匆匆南下,探视我在杧果树和白兰花之间的娘家。

父亲见我远行归来,摸摸索索地掏出些东西拿给我,慎重其事地说:

"我年纪大了,这些东西还是交给你吧!"

我一时尚未会过意来,父亲把那黯黄色的纸摊开,耐心地解释起来:

"那是一九四七年的事了,我在国防部参谋总长室做事(当时的参谋总长是陈诚)。有一天,我奉命销毁一堆文件,我一张张烧,忽然发现了这一叠,觉得有点价值,就拿回去重新问总长,他说:'不用留了,如果你喜欢,就自己收着做个纪念吧。'"

我开始有点好奇了,父亲当年从一把火里救出来的究竟是些什么东西呢?

"日本人投降的消息是八月十日晚上发的,这两份文件是八月二十一日和二十三日签的,当然,从一般角度来看,九月九日上午九时在南京的受降大典才是最正式最重要的,但八月二十一日在湖南芷江驻华日军最高指挥官冈村宁次将军接受'受降令'才是双方胜负已决之后最早的接触。这两份文件是冈村宁次的代表今井武夫少将签下的收条,说明收到了我方的'中字第一号备忘录'以及'中字第二、三、四号备忘录'。

"这几张文件因为有日本代表的签名,要是卖给日本人,也值一点钱的。如果要捐也随你,反正是交给你了。要是你弄不清楚八月二十一日芷江洽降的过程,我这里还留了一张一九四六年九月三日的台湾《中央日报》,上面有篇赵朴先生写的文章,追述当日过程,记得很详细,你可以拿去看看。"

父亲平平静静地把话说完了。但霎时间,我却知道自己从父亲手中接下的不只是几页简单的原始文件,那背后有四十年前一个亮烈的八月,其间有五亿人口在八年苦战之后的喜极欲泣的狂呼。在长沙屠城之际,在南京惨杀之时,有千千万万含恨而死的中国人,那千千万万暴突不闭的怒目所想要看的不就是此刻我手中的这样一张纸吗?至于那些洒血于天,浇血于地,染血于海的战士,他们鲜红的伤口嘶喊以求的,不就是这样一份梦想吗?一份自豪自足,以泱泱上国的风度令战败国和我们讨论受降事宜的文件,我何德何能竟可以不残一肢、不损一发而可以看到、摸到这份光荣!

透过秦孝仪先生,我得以在"七七抗战纪念"前一日把这份文件捐给"阳明书屋"。是日清晨上山,天气晴和,树色端肃,从云端俯视大台北,只见山川静好,岁月含情。而孙中山的饱笔酣墨，邹容的潇洒篆刻，以及林觉民缠绵入骨的遗书，此刻都无比安详地在陈列室里暖暖放光。

让这样一份文件加入那发光的行列吧！把它留给中华民族吧！愿所有的中国人知道，我们曾是从容大度的受降者。愿我们的子子孙孙都知道，名叫"中国人"的这个民族可以饥、可以渴、可以遭困、可以受窘，可以长夜伏在湮满泪痕的枕上，可以流其血而授其首，但，自始至终，这个民族却一直知道一件事，我们自会是最后的受降者。

"有没有鬼让你流泪?"

"你最近很爱说鬼,是吗?"

"还好啦,我不是爱谈鬼的人,纪晓岚和蒲松龄才是。我谈鬼,是因为刚好碰上鬼月,一年才十二个月,居然有一整个月要与鬼共舞,真有点烦呢!我因为烦鬼,所以干脆来写它。"

"纪、蒲二人写的鬼如何?"

"他们写太多女鬼,女鬼我没兴趣,她们一般而言是男人理想的性对象。她们冶艳风流,自动投怀送抱,她们多半无父无母无兄无弟,顶多拖着个婢女。她们好像不吃什么也不催男人举行婚礼,真是最佳的'一夜情对手'。但这批女鬼对我而言一点儿也没有吸引力——

"纪晓岚写过一个男鬼,人死了,变成鬼,听说老婆要改嫁,就急得在故宅里跑来跑去,看着婚事一步步进行他焦虑万状,纪晓岚最后的结论如下:

"所以,各位寡妇啊,你们务必乖乖守节,否则死去的那人是多么不甘心啊!"

"奇怪,一个好好的有学问的纪晓岚怎么居然会写这么单面向的道德?天下男人丧偶再娶的比比皆是,怎么不见他为女鬼叫屈呢?女鬼如果看到新人动用她的梳妆台,或打她的孩子,难道不为之气结吗?怎么不见纪晓岚因而呼吁天下男人千万别续弦呢?"

"那位蒲松龄笔下的鬼好像比较有趣?"

"对,老蒲有点像办'鬼务'的人物,就像早年上海广州有些办洋务的人。但我独爱一篇论人鬼之友谊的,那一人一鬼跨越阴阳成为酒友,风清月白之夜,把酒倾谈,何等快活——但那鬼心中却想着要取此人性命,因为他需要一个'替死鬼'好让自己投胎成功。只是他又不忍加害友人,如此竟一再蹉跎。中国大概自古就是一个'人满为患'的国家,要排到'出生卡'竟如此困难。意外死亡的尤其可怜,必须弄死一个人,才能让自己再生,真惨。好在蒲松龄笔下的鬼酒友还算有情有义,而且,后来居然有了好结果,他虽不肯'抓交替',居然也得到'投胎权'了。"

"说了半天,你自己都不喜欢华籍鬼吧?"

"我干吗要喜欢鬼呢?不过却也有个鬼故事让我至今想来还是忍不住要流泪。"

"咦?这件事有点怪,说来听听。"

"这也是我听来的——其实见过鬼的人很少,鬼故事本来就应该是听来的——只是古人都是在夏夜豆棚下,或秋雨敲窗时来听讲述者讲那耸动的情节,我却是在午夜灵异节目上看的。叙述者是个年轻女孩,她说那鬼故事是她爷爷奶奶说的。爷爷奶奶是山东人,二人都是中学校长,带着学生一路跋涉往南行,途中颇折损了一些学生,然后,就闹了鬼,群生惶惶欲死。奶奶,也就是当年的女校长,站出来骂鬼,叫他们别闹了。其实那几个鬼正是她途中病死的学生，那几个学生的答辩词如下：

"校长，对不起，我们害同学吓到了，我们真对不起——但校长，我们一路跟你走，我们并不知道我们已经死了啊！我们以为自己还活着呐！我们还想跟校长你一路南去啊！我们还想跟同学一起翻山越岭啊！我们还自自然然想跟他们一起吃饭一起睡觉啊！我们现在才知道自己已经是鬼了，我们不会再打扰他们了。

"唉，人鬼必须异途吗？看来在乱世，人也是绝情的啊！如果我是那校长，我会说：

"孩子啊，我知道了，好吧，我们一起去台湾，虽然你们已经化成鬼了，但既然是一起出发的同伴，我们就一起往南去吧！"

——2008 年 8 月 25 日台湾《人间副刊》

半 局

楔 子

汉武帝读司马相如的《子虚赋》,忽然怅恨地说:
"朕独不得与此人同时哉!"

他错了,司马相如并没有死,好文章不一定都是古人做的,原来他和司马相如活在同一度的时间里。好文章、好意境加上好的赏识,使得时间也有情起来。

我不是汉武帝,我读到的也不是《子虚赋》,但蒙天之幸,让我读到许多比汉赋更美好的"人"。

我何幸曾与我敬重的师友同时,何幸能与天下人同时,我要试着把这些人记下来。千年万世之后,让别人来羡慕我,并且说:"我要是能生在那个时代多么好啊!"

大家都叫他杜公——虽然那时候他才三十几岁。

他没有教过我的课——不算我的老师。

他和我有十几年之久在一个学校里,很多时候甚至是在一间办公室里——但是我不喜欢说他是"同事"。

说他是朋友吗？也不然，和他在一起虽可以聊得逸兴遄飞，但我对他的敬意，使我始终不敢将他列入朋友类。

说"敬意"几乎又不对，他这人毛病甚多，带棱带刺，在办公室里对他敬而远之的人不少，他自己成天活得也是相当无奈，高高兴兴的日子虽有，唉声叹气的日子更多。就连我自己，跟他也不是没有斗过嘴，使过气，但我惊奇我真的一直尊敬他，喜欢他。

原来我们不一定喜欢那些老好人，我们喜欢的是一些赤裸、直接的人——有瑕的玉总比无瑕的玻璃好。

杜公是黑龙江人，对我这样年龄的人而言，模糊的意念里，黑龙江简直比什么都美，比爱琴海美，比维也纳森林美，比庞培古城美，是榛莽渊深，不可仰视的。是千年的黑森林、千峰的白积雪加上浩浩万里、裂地而奔窜的江水合成的。

那时候我刚毕业，在中文系里做助教，他是讲师，当时学校规模小，三系合用一个办公室，成天人来人往的，他每次从单身宿舍跑来，进了门就嚷：

"我来'言不及义'啦！"

他的喉咙似乎曾因开刀受伤，非常沙哑，猛听起来简直有点凶恶（何况他又长着一副北方人魁梧的身架），细听之下才发觉句句珠玑，令人绝倒。后来我读到唐太宗论魏征（那个凶凶的、逼人的魏征），却说其人"妩媚"，几乎跳起来，这字形容杜公太好了——虽然杜公粗眉毛、瞪凸眼、嘎嗓子，而且还不时骂人。

有一天，他和另一个助教谈西洋史，那助教忽然问他那段历史中兄弟争位后来究竟是谁死了，他一时也答不上来，两个人在那里久久不决，我听得不耐烦：

"我告诉你，既不是哥哥死了，也不是弟弟死了，反正是到现在，两个人都死了。"

说完了，我自己也觉一阵悲伤，仿佛《红楼梦》里张道士所说的一个吃它一百年的疗妒羹——当然是效验的，百年后人都死了。

杜公却拊掌大笑：

"对了，对了，当然是两个都死了。"

他自此对我另眼看待，有话多说给我听，大概觉得我特别能欣赏——当然，他对我特别巴结则是在他看上跟我同住的女孩之后，那女孩后来成了杜夫人，这是后话，暂且不提。

杜公在学生餐厅吃饭，别的教职员拿到水淋淋的餐盘都要小心地用卫生纸擦干（那是十几年前，现在已改善了），杜公不然，只把水一甩，便去盛两大碗饭，他吃得又急又多又快，不像文人。

"擦什么？"他说，"把湿细菌擦成干细菌罢了！"

吃完饭，极难喝的汤他也喝：

"生理食盐水，"他说，"好唉！"

他大概吃过不少苦，遇事常有惊人的洒脱，他回忆在政大读政治研究所时说：

"蛇真多——有一晚我在洗澡关门时夹死了一条。"

然后他又补充说：

"当时天黑，我第二天才看到的。"

他住的屋子极小，大约是四个半榻榻米，宿舍人又杂，他种了许多盆盆罐罐的昙花，不时邀我们清赏，夏天招待桂花绿豆汤、郁李（他自己取的名字，做法是把黄肉李子熬烂，去皮核，加蜜冰镇），冬天是腊八粥或猪腿肉红煨干鱿鱼加粉丝。我一直以为他对莳花深感兴趣，后来才弄清楚，原来他只是想用那些多刺的盆盆罐罐围满走廊，好让闲杂人等不能在他窗外聊天——穷教员要为自己创造读书环境还真难。

"这房子倒可以叫'不畏斋'了！"他自嘲道，"四十、五十而无闻焉，其亦不足畏也——孔夫子说的。"

他那一年已过了四十岁了。

当然，也许这一代的中国人都不幸，但我却比较特别同情民国十年左右出生的人，更老的一辈赶上了风云际会，多半腾达过一阵，更年轻的在台湾长大，按部就班地成了青年才俊。独有五十几岁的那一代，简直是为受苦而出世的，其中大部分失了学，甚至失了家人，失了健康，勉力苦读的，也拿不出漂亮的学历，日子过得抑郁寡欢。

这让我想起汉武帝时代的那个三朝不被重用的白发老人的命运悲剧——别人用"老成谋国"者的时候，他还年轻；别人用"青年才俊"的时候他又老了。

杜公能写字，也能作诗，他随写随掷，不自珍惜，却喜欢以米芾自居。

"米南宫哪，简直是米南宫哪！"

大伙也不理他。他把那幅"米南宫真迹"一握，也就丢了。

有一次，他见我因为一件事而情绪不好，便仿韩愈《送李愿归盘谷序》中"大丈夫之不得意于时也"的意思作了一篇《大小姐之不得意于时也》的赋，自己写了，奉上，令人忍俊不禁。

又有一次，一位朋友画了一幅石竹，稍不留意，便被他抢了去，为我题上"渊渊其声，娟娟其影"，墨润笔酣，句子也庄雅可喜，裱起来很有精神。其实，我一直没有告诉他，我喜欢他，远在米芾之上，米芾只是一个遥远的八百年前的名字，他才是一个人，一个真实的人。

杜公爱憎分明，看到不顺眼的人或事，他非爆出来不可。有一次他极讨厌的一个人调到别处去了，后来得意洋洋地穿了新机关的制服回来，他不露声色地说：

"这是制服吗？"

"是啊！"那人愈加得意。

"这是制帽？"

"是啊！"

"这是制鞋？"

"是啊！"

那个不学无术的家伙始终没有悟过来，制鞋、制帽是指丧服的意思。

他另外讨厌的一个人一天也穿了一身新西装来炫耀。

"西装倒是好，可惜里面的不好！"

"哦，衬衫也是新买的呀！"

"我是指衬衫里面的。"

"汗衫？"

"比汗衫更里面的！"

很多人觉得他的嘴刻薄，不厚道，积不了福，我倒很喜欢他这一点，大概因为他做的事我也想做——却不好意思做。天下再没有比乡愿更讨厌的人，因此我连杜公的缺点都喜欢。

——而且，正因为他对人对物的挑剔，使人觉得受他赏识真是一件好得不得了的事。

其实，除了骂骂人，看穿了，他还是个"剪刀嘴豆腐心"。记得我们班上有个男孩，是橄榄球队队长，不知怎么阴错阳差地分到中文系来了。有一天，他把书包搁在山径旁的一块石头上，就去打球了，书包里的一本《中国文学发展史》滑出来，落在水沟里，泡得透湿。杜公捡起来，给他晾着，晾了好几天，这位仁兄才猛然想到书包和书，杜公把小心晾好的书还他，也没骂人，事后提起那位成天一身泥水一身汗的男孩，他总是笑吟吟的，很温暖地说：

"那孩子！"

杜公绝顶聪明，才思敏捷，涉猎甚广，而且几乎可以过目不忘，所以会意独深。他说自己少年时喜欢诗词，好发诗论。忽有一天读到王国维的《人间词话》，大吃一惊，原来他的论调竟跟王国维一样，他从此不写诗论了。

杜公的论文是《中国历代政治符号》，很为识者推重，指导教授是当时政治研究所主任浦薛凤先生，浦先生非常欣赏他的国学，把他推荐来教书，没想到一直开的竟是国文课。

学生国文程度不好——而且也不打算学好，他常常气得瞪眼。

有一次我在叹气：

"我将来教国文，第一，扮相就不好。"

"算了，"他安慰我，"我扮相比你还糟。"

真的，教国文似乎要有其扮相，长袍，白髯，咳嗽，摇头晃脑，诗云子曰，阴阳八卦，抬眼看天，无视于满教室的传纸条，瞌睡，K英文。不想这样教国文课，简直就是一种怪物。

碰到某些老先生，他便故作神秘地说：

"我叫杜奎英，奎者，大卦也"

他说得一本正经，别人走了，他便纵声大笑。

日子过得不快活，但无妨于他言谈中说笑话的密度，不过，笑话虽多，总不失其正正经经读书人的规矩。他创立了《思与言》杂志，在十五年前以私人力量办杂志，并且是纯学术性的杂志，真是要有"知其不可而为之"的勇气。杜公比大多数《思与言》的同仁都年长些，但是居然慨然答应做发行人，台大政治系的胡佛教授追忆这段往事，有很生动的记载：

> 那时的一些朋友皆值二十与三十之年，又受过一些高等教育，很想借新知的介绍，做一点知识报国的工作。所以在兴致来时，往往商量着创办杂志，但多数在兴致过后，又废然而止。不过有一次数位朋友偶然相聚，又旧话重提，决心一试。为了躲避台北夏季的热浪，大家另约到碧潭泛舟，再作续谈。奎英兄虽然受约，但他的年龄略长，我们原很怕他涉世较深，热情可能稍减。正好在买舟时，他尚未到，以为放弃。到了船放中流，大家皆谈起奎英兄老成持重，且没有公教人员的身份，最符合政府所规定的杂志发行人的资格，惜他不来。说到兴处，忽见昏黑中，一叶小舟破水追踪而来，并靠上我们的船舷。打桨的人奋身攀沿而上，细看之下竟是奎英兄。大家皆高声叫道：发行人出现了。奎英兄的豪情，的确不较任何人为减，他不但同意一肩挑起发行人的重责，且对刊物的编印早有全盘的构想。

其实，何止是发行人？他何尝不是社长、编辑、校对，乃至于写姓名发通知的人？（将来的历史要记载台湾的文人，他们共有的可爱之处便是人人都灰头土脸地编过杂志。）他本来就穷，至此更是只好"假私济公"，愈发穷了，连结婚都得举债。

杜公的恋爱事件和我关系密切，我一直是电灯泡，直到不再被需要为止。那实在也是一场痛苦缠绵的恋爱，因为女方全家几乎是抵死反对。

杜公谈起恋爱，差不多变了一个人，风趣、狡黠、热情洋溢。

有一次他要我带一张英文小纸条回去给那女孩，上面这样写：

请你来看一张全世界最美丽的图画，
会让你心跳加速，呼吸急促……

小宝（我们都这样叫她）和我想不通他哪里弄来一张这种图画，及至跑去一看，原来是他为小宝加洗的照片。

他又去买些粗铅丝，用槌子把它锤成烤鐴，带我们去内双溪烤肉。

也不知他哪里学来那么多稀奇古怪的本领，问他，他也只神秘地学着孔子的口吻说："吾多能鄙事。"

小宝来请教我的意见，这倒难了，两人都是我的朋友，我曾是忠心不二的电灯泡，但朋友既然问起意见，我也只好实说：

"要说朋友，他这人是最好的朋友。要说丈夫，他倒未必是好丈夫，他这种人一向厚人薄己，要做他太太不容易，何况你们年龄相悬十七岁,你又一直要留学,你全家又都如此反对……"

真的,要家长不反对也难。四十多岁了,一文不名,人又不漂亮,同事传话,也只说他脾气偏执,何况那时候女孩子身价极高。

从一切的理由看,跟杜公结婚是不合理性的——好在爱情不讲究理性,所以后来他们还是结婚了。奇怪的是小宝的母亲至终倒也投降了,并且还在小宝留学进修期间给他们带了两年孩子。

杜公不是那种怜香惜玉低声下气的男人,不过他做丈夫看来比想象中要好得多,他居然会烧菜,会拖地,会插个不知什么流的花,知道自己要有孩子,忍不住兴奋地叨念:"唉,姓杜真讨厌,真不好取名字,什么好名字一加上杜字就弄反了。"

那么粗犷的人一旦柔情起来,令人看着不免心酸。

他的女儿后来取名"杜可名",出于《老子》,真是取得好。

他后来转职政大,我们就不常见面了,但小宝回台后,倒在我家吃了一顿饭,那天许多同学聚在一起,加上他家的孩子、我家的孩子——着实热闹一场。事后想来,凡事都是一时机缘,事境一过,一切的热闹繁华便终究成空了。

不久就听说他病了,一打听已经很不轻,肺中膈长癌,医生已放弃开刀,杜公是何等聪明的人,他立刻什么都明白了,倒是小宝,他一直不让她知道。

我和另外两个女同事去看他,他已黄瘦下来,还是热乎乎地弄两张椅子要给我们坐,三个人推来让去都不坐,他一径坚持要我们坐。

"哎呀,"我说,"你真是要二椅杀三女呀!"

他笑了起来——他知道我用的是"二桃杀三士"的典故,但能笑几次了呢？我也不过强颜欢笑罢了。

他仍在抽烟，我说别抽了吧！

"现在还戒什么？"他笑笑，"反正也来不及了。"

那时节是六月，病院外夏阳艳得不可逼视，暑假里我即将有旅美之行——我知道那是我最后一次看他了。

后来我寄了一张探病卡，勉作豪语：

"等你病好了，咱们再煮酒论战。"

写完，我伤心起来，我在撒谎，我知道旅美回来，迎我的将是一纸过期的讣闻。

旅美期间，有时竟会在异乡的枕榻上惊醒，我梦见他了，我感到不祥。

对于那些英年早逝弃我而去的朋友，我的情绪与其说是悲哀，不如说是愤怒！

正好像一群孩子，在广场上做游戏，大家才刚弄清楚游戏规则，才刚明白游戏的好玩之处，并且刚找好自己的那一伙，其中一人却不声不响地半局而退了，你一时怎能不愕然得手足无措，甚至觉得被什么人骗了一场似的愤怒。

满场的孩子仍在游戏，属于你的游伴却不见了！

九月返台，果真他已于八月十四日去世了，享年五十二岁，孤女九岁，他在病榻上自拟的挽联是这样的：

> 天道好还，国族必有前途，惟世难方殷，先死亦佳，勉无深恶大罪，可以笑谢兹世；人间多苦，事功早摒奢望，已庸碌一生，幸存何益，忍抛孤孀弱息，未免愧对私心。

但写得尤好的则是代女儿挽父的白话联:

> 爸爸说要陪我直到结婚生了娃娃,而今怎教我立刻无处追寻,你怎舍得这个女儿;女儿只有把对您那份孝敬给妈妈,以后希望你梦中常来看顾,我好多喊几声爸爸。

读来五内翻涌,他真是有担当、有抱负、有才华的至情至性之人。

也许因为没有参加他的葬礼,感觉上我几乎一直欺骗自己他还活着,尤其每有一篇自己比较满意的作品,我总想起他来。他那人读文章严苛万分,轻易不下一字褒语,能被他击节赞美一句,是令人快乐得要晕倒的事。

每有一句好笑话,也无端想起他来,原来这世上能跟你共同领略一个笑话的人竟如此难得。

每想一次,就怅然久之,有时我自己也惊讶,他活着的时候,我们一年也不见几面,何以他死了我会如此怅然若失呢?我想起有一次看到一副对联,现在也记不真切,似乎是江兆申先生写的:

> 想见亦无事,
> 不来常思君。

真的,人和人之间有时候竟可以淡得十年不见,十年既见却又可以淡得相对无一语,即使相对应答又可以淡得没有一件可以称之为事情的事情,奇怪的是淡到如此无干无涉,却又可以是相知相重、生死不舍的朋友。

他们都不讲理

之一
——花中的横井庄—

匆匆走过山径,没想到那丛野牡丹还紫在那里。连一向跟花一起共生的绿色耀金的小甲虫也一一伏在那里。

"怪事了!"虽然忙,我也忍不住停下脚来呆呆地望着它。

没有人告诉你吗?现在,已经是夏天了,你这属于春天的山花怎么还守着这个据点死不放弃?你是花里面的日本军人横井庄一吧?春花的战事已经结束了,万紫千红的部队已经撤退了,却没有人来通知你,所以你就糊里糊涂每天仍然在射击许多发花花蕊蕊。

你就是春天部队里那名不投降的士兵吧,忠心得有点过分,抵死不肯侍奉夏天这个新朝代。

或者你是退入山区的野战游击队,当都市里的春天宣布失守的时候,你还不甘心地负隅顽抗。你的部队数目够吗?熏风的补给够吗?蓓蕾的枪弹够吗?你们还能打几发美丽?

或者你不是军人,而是一个忘年的隐者吗?或竟是花中的仲尼,"发愤忘食,乐以忘忧,不知老之将至",你也因开得太高兴,一时误以为自己还正年轻如花中孔夫子吗?或者和我一样,是个贪读青天白云竟忘了睡觉休息的痴种吗?

但是,不管你是谁,六月了,还开在这里,真叫人着急,你这样不守规矩在校园里大开特开,岂不公然跟植物教授作对吗?我劝你还是做个乖孩子,早睡早起吧,今年早点谢,明年早点开,好吗?

真的,请你不要再犯规了,你会搞得天下大乱的,彗星不守规矩地乱划长空,山风不守规矩地乱掀相思林。你,千万别跟它们学,你安安分分的吧!不然,整个校园都会给你那固执的紫弄得魂不守舍的,真的,你要知道,已经夏天了。

之二
——花闹

那种花,听说叫黄槐,种在廊前的南圃里。

夏末秋初,它开了一花圃,倒也没有什么。但不知怎么,忽然有一天早晨,它竟大模大样地爬到走廊上来了。不得了,怎么没有人预先训示它节育计划?花的"人口膨胀"真是吓人,似乎每一天它都在依等比级数而增殖,弄得到处一片娇黄。

我发愁起来,眼见它爬上走廊硬抢走了一公尺的领域,老师、学生、上课、下课,大家只好绕着走,恐怕踩了它。

"要叫总务处来剪!"许多人生起气来,"不像话。"

真的,再不剪,眼见得就要逼进教室和办公室里来。

怎么有这么笨的花，竟不知道花是该开在花圃里的，走廊是给人走的，你硬要跑上来拦路，终归会出问题的。

可是，它不理，依旧乱开一气，我跳来跳去在花里走，简直觉得自己是一只蝶。真奢侈，今年薄秋，也就摆这一次阔吧！反正这种开花法也开不久的。

总务处到底采取行动了，一把花剪咔吱咔吱几声，花魄就给收服了，一堆堆缩得小小的，又回到花圃里去了。也不知是不是正在卧薪尝胆，生聚教训，准备君子报仇。

明年，九月，你仍会有出击行动吗？你仍会抢滩登陆把我们弄得进退失据吗？等你兵临城下，像旧戏里的罗成来叫关的时候，我们要不要给你开城门呢？

有些花不守时间，有些花乱抢地盘，你，最好不要乱来，医学院的学生都那么乖，他们正认真地解剖了胸腔、腹腔，然后解剖四肢和头骨、颜面，你不要捣乱，你会带坏他们的。

真的，我们都是些规规矩矩、安分守己的人，禁不住你们这样胡闹，你一闹，我们全没了主意，全慌了心，我们对美的抵抗力是很脆弱的啊！

之三
——变叶

溪头有许多树，高大美丽，不可狎玩——溪头当然也有小树，不过连小树也都如王子公主，从幼年就隐然有一种君临天下的气象。

奇怪的是，早晨起来，独见有一株树，上面还翠着，下面的枝子却东西南北乱伸出去，不见一丝绿色。

　　代替绿色的是一枝一枝站得满满的白鸽，别的树是皇族，这一株却有野老之风，容得了人。从白鸽那种端然不动、怡然自足的架势看来，它们显然是把自己看成是一种被吸收被接纳的树叶了。真是荒谬，几曾看过树会长出这种白叶子来？即使有白叶子，这种针枞杉树也不该有那么大的叶子。好，就算我们特准它长得那么大，也没听说过叶子会"咕咕咕咕"地说个不停的，不但如此，还有更离谱的怪事，作为一片叶子，它竟振翅一飞，并且满林盘桓，最后竟又飞回到树上去了。向来只有枯叶辞枝的事，几曾见过离枝的叶子又飞回来生长的怪事？

　　我得要去请教森林系的系主任，林场里什么时候出现了这奇怪的变种树，也许系主任会带我去翻一本很专门的论文，也许他也搞不懂为什么会有这种奇怪的变叶。

　　我去看竖在地上的小木牌，上面这样写着：

　　　峦大杉
　　　本省固有，为重要之建筑、电杆、棺椁及铅笔杆之用途。

　　奇怪，我心里想，我一定跟它认识的。曾经，在我做孩子的时候，我用过它做的铅笔。曾经我住在以它为建材的房子里。曾经，我用这种木料为电线杆而传来的电。而总有一天，我会躺在它安详的木纹上以它为垫被，以它为罩毯，沉沉睡去。

　　奇怪，如此依仗于它，如此深契于它，我却弄不清它怎会如此长满一身变叶。银白的叶子，阔大的叶子，咕咕然说个不停而又旋飞旋回的叶子!

之四

——窗台上的教员

那年五月,小说课,教室临窗,窗外一片恼人的稠绿。

光是绿,倒也罢了,这天早上却偏偏又跑来一只不讲理的棕灰色小鸟,蛮横地往窗台上一站,竟"吱吱喳喳"地开起讲来了。

我忍气吞声地瞪它一眼,它却旁若无人地讲得更起劲了。

这件事太岂有此理,你难道自己不会去瞧瞧吗?全校的课程表都挂在那里,中三,星期六,八点到十点,第九教室,小说选及习作,教员是张晓风,每件事情不都清清楚楚吗?你跑来插什么嘴?

"吱——吱——吱吱——吱——"

所有的学生一时都偷眼看起它来。

太可恶了,难道你也懂"唐人传奇"吗?难道你也研究过"宋人平话"吗?你发表过有关《红楼梦》或者《西游记》的报告吗?凭什么你也敢来信口开河?

"吱——吱——吱吱吱吱——"

学生不再偷眼看它,学生已经公然望着它了。

哼!我得问问教务处去,难道他们新聘了一位小鸟作教员?好,就算有这么回事,你也不该跑到我的班上来抢地盘,你到底是哪一系的,你走错教室了吧?你是喝多了花香,颠倒起来了吧?

这班学生,我已经从去年秋天教到冬天,然后又教到今年春天,我们已经"山海经"过,"穆天子"过又"四大奇书"过,你,既没有讲义又没有课本,你声势夺人地霸在那里到底算什么呢?

可是,不管它有没有学问,不管它有没有通过学校的聘任委员会,不管它有没有"教育部"承认的教授资格,最气人的是,它倒真的会讲,至少,全班学生的眼睛竟一时都发起亮来。

"吱吱——吱吱吱吱——吱——"

它竟然愈讲愈精彩了,我也一时目瞪口呆,不知不觉间已拱手让了贤。这家伙真厉害,也不知是何方宿儒,分明是一代大师的规模气度,我教的是小说,它教的竟是大说呢。我对它又嫉妒又倾服。

下课钟响,它走了,从此没有再回来过。我也没有去教务处质问,我始终不知道他们是不是新聘了一位小鸟作客座教授。

年年五月,上小说课的时候,我都忍不住偷眼再看看窗台,不知道自己在期待或者排斥什么。

之五

——杂货店前的《西铭》

隆冬的早晨,我在一家小杂货店门口买了份报纸。

然后我看到一个男孩走来,买了面包和牛奶,站在那里吃起来。他一面吃、一面低头看手上一份东西,我瞄过去,老天,居然是张载的《西铭》。

"乾称父,坤称母。予兹藐焉,乃混然中处……"那样光灼日月的东西应该高高地挂在当年书院的西墙上和东墙上的智慧,彼此朝阳夕晖一般的映衬着才是，怎么一代宗师的东西竟会压成如此薄薄的一小张纸，毫不费力地捏在一个男孩的手里？何况，他又正在吃着张载从来没吃过的牛奶面包的早餐。

我愣在那里，真没道理，我实在想不出这两件事情有什么关联性，马路、车站、小杂货店、统一牛奶、菠萝面包，和那张薄纸——《西铭》。

那男孩心不在焉地吃着，也没发现我正盯着他看，只顾凝神看他的《西铭》。牛奶面包似乎几秒钟就吃完了，他仍在看《西铭》。我忽然悟出来了，这几天正是期末考，这男孩正在苦读他的"大一语文"。

当然，张载并不知道什么叫期末考，什么叫"大一语文"。

算了，不管他，张载不知道的事多着呢，他不知道有一个城叫台北，他不知道有一个小店在信义路二段，他不知有一路公共汽车叫二十路。他不懂什么叫必修课程，什么叫四学分，他也不知道这男孩今天早晨要碰到的期末考——不过，有一件事是确定的，隔着一千年，我们却知道张载，以及他的《西铭》，那就够了。

"……民，吾同胞；物，吾与也。……"他小声地念着，"凡天下之疲癃残疾、茕独鳏寡，皆吾兄弟之颠连而无告者也。"

好吧，民胞物与，我不再坚持了。《西铭》，可以张在书院的高墙上，也可以捏在一个男孩女孩的手上，可以在杂货店门口读，也可以在公共汽车上读，我们已经把它读了一千年，我们还可以咬着牙再叫我们的子孙读它一千一万年，民胞物与，即使在火箭上或月球上也可以读得啊……

不知什么时候，眼睛竟热涨起来……

之六
——芋叶之可能

车往山上爬,山往云上爬,云往无处爬,我却跌下来被夹道的绿催眠了。像故事中的陈抟,一卧九百年,忽忽然不知世上已是几世几劫。

乍然醒来,只见车窗外一道枯涧挂在山壁上,涧里一片片绿色的芋头叶子。只是等我定神再一看,哪里有芋头叶子,只是一些浑浑噩噩的大石头罢了。奇怪,我怎么会把石头看作芋头叶子的?这件事太没道理也太蹊跷。我想再细看一眼,车子却走远了。

是因为石头太绿了吗?它收集了一身的苍苔,又站在参差错落的绿树下,绿得如此圆润鼓胀,好像一阵雨后就会再长厚一点长大一点,说它像芋头叶子,也不能算太荒谬吧!

也许我根本没看错,我的确看到了芋头叶子,在梦的末一章。然后,我看到石头,在醒的第一章。究竟我是见叶者抑是见石者,我是把梦里的芋叶移植到醒里来了?还是把醒时的石头回映到梦里去了?

不过,想来还有另外一个可能,那些芋头叶子全是石头变的,这些石头在山里,千年万载,吸风纳露,修炼久了,一时度化不成动物,却度成了植物,但道行还不高,经不得明眼人定神一看,就现了原形。

其实,你这傻瓜,做石头有什么不好?别再三心两意了,一切石头想度成植物,做了植物又想度成动物,度成动物又想修得人身，等修得人身呢？却又想回复为无知无识的石头了。

对了，还有一种推理，那就是我的确看到一大片芋头叶子，但它们曾长期渴望改换自己的身份去做石头（深褐色的芋头本来就是石头的表亲），它们等待了又等待，它们一直在学石头的沉潜渊静，石头的厚重突兀，于是，有一天，天神说："可以了，你可以做石头了。"而在那快不及秒的刹那，大化自以为神不知鬼不觉的当儿，我竟是唯一的目击者，目击芋头叶子变成石头的神奇不着痕迹。

那石头真没道理，到底是怎么回事？我简直给它弄糊涂了，当然，也许我该说的是芋头叶子无理。总之，我是给它们弄得头脑不清了，我发现我必须赶快抽身，否则，眼看着，我不单弄不清楚石头和芋头叶子之间的关系，更糟糕的是，我快要弄不清楚石头、我和芋头叶子三者之间的关系了。

车往山上爬，山往云上爬，云往无处爬，如果再折回去，我会看见什么？是石头，抑是芋头叶子？而对方又会看到什么？是我，抑是绿绿凉凉的清风？

之七

——三百六十次月圆事件

十二月三日，黄昏，我在圆山下车，打算钻过地下道，转车到大直演讲。猛抬头，一弯月亮在高架桥上，窜起丈许，威风凛凛地亮着。

怎么就圆了呢？阴历是几号啊？真丢脸，怎么会身属一个过太阴历的民族却把月亮的盈虚也搞混了呢？

地下道张着大口，不知怎么，月下竟有几分像岩穴。当初必有人从那样的洞窟里走出来，瞠目结舌，惊见那幅太古的月亮！但是，而今怎么搞的？月光竟会恍惚地又巡逻到地下道的通口来。

而此刻车轮趟过如水，满江急流中，我是举足涉向彼岸的过客。一座赛钱柜（就是寺庙门口供人投钱的那种东西）似的垃圾箱忠心而卑微地站在身旁。我不能决定它是诗意的还是不诗意的，我从囊袋里取出一枚橘子，澄黄浑圆而又芬芳，那是我演讲前唯一的食物了，我定定地望着月亮一瓣一瓣地吃着，一面把皮核丢进筒中，忽然我觉得自己是一个会做法的人，那每一瓣清凉都分明是月光。

吃完了月光，我感到全身透明剔亮起来。

回头望，一切都变了，真个是"雾失楼台，月迷津渡"，这圆山，什么时候变了的？小学，我们的校歌是"圆山虎啸，剑潭水清"，大学，以及大学毕业以后，这条路是天天走的，什么时候，它变了的？都不告诉我一声，它竟变了。

不是有一个小小的烧饼店在动物园门口吗？不是有一个嘴馋的女孩老远跑来买了吃吗？她不是兴奋地去看老虎跳火圈吗？怎么一眨眼，来画大象的竟是她的儿子呢？小小的烧饼店又到哪里去了，什么时候月亮竟搞了三百六十次月圆事件？

我生气地走下地下道去，再也不要理那盏月光。

那人在看画

那人在看画——这件事并不奇怪,每天,全省各地画廊里,成千的画作挂在那里,成万的观众前来看画。

他在看画,我,在看他。他的额头特别凸出,所以,在他倾身看画的时候,额头都几乎要碰到画上去了。

他看画的表情显然是喜悦的,喜悦中他左顾右盼,和在场乡亲打招呼,并且微微有几分羞赧。在他背后,几张小桌拼成一条大桌,桌上放些茶点,许多人围在那里,算是画展的开幕酒会,但这位观画人对茶点不感兴趣,他只定定地望着那幅画出神。

别的画,他似乎也看,但他至终还是回到这幅画前。

屋子里,人如潮水,一波又一波。

这里是一个美丽的客家山乡,画展,便是在当地的"国小"教室举行。我平生还没见过画展在教室里办的事,不免觉得新鲜。教室里只有初夏悍烈明亮的阳光,投射灯,则一盏也没有,但在阳光下看画也自有其妩媚处。

大桌子上的酒会食品也有点奇怪,不是惯见的鸡尾酒或洋芋片,而是仙草冰和一些客家点心。蝉,在窗外的大树上鸣叫。

那人还在看画,画沿着教室周边挂着,每幅画几乎都是以大片的绿色构成,仿佛学校外面那大片大片的农地一时延伸到这间教室里面来了。

唯一不同的是,校外的农田十里一色,在南风中熏然如醉。画中的绿却极富变化,有些是初春耙地,有些是施肥薅草,有些是打取谷粒……古代有人跟在皇帝身边记载他二十四小时的生活,叫"实录",而这位乡土画家却亦步亦趋地跟着稻禾做它终身的忠实记录,他所画的,正是一部"稻子实录"。

和政治上的实录相比,"稻子实录"可爱多了。

我走近那看画人,想跟他说几句话,这时,旁边刚好走来一个农妇(啊,至于我为什么判断她是一个农妇,却也一时说不清,可能由于她的动作,也可能由于她的肤色或音量),她忽然对着我大声说:

"呀,你看,你看,这画的,就是他啦!"我一惊,才发觉那幅画中站在田里拔除稗子的农夫,的确也是个额头凸凸的汉子。两相对照,画中人和看画人竟像一对双胞胎,而两个凸脑壳又几乎要亲热地互相碰撞了。

我这才明白,这人为什么一直微笑着,趑趄不去,他听说自己被画了,被展了,他来看他自己。

啊,我忽然羡慕起那画家来,他画的是他身边的耕作者。农人耕田,他耕画布,而他的画中人可以跑来看他自己,这比古代叶公画龙好多了,龙是不会跑到画布前来重新审视自己的。

能有自己的土地,能有故乡,能有可以入画的老乡亲,能有值得记录的汗水——对一个画家而言,还有什么更幸运的事?

乌鲁木齐女孩

距离乌鲁木齐市大约一个半小时车程的地方，有个牧场，名叫南山。南山，这名字充满汉人意味，牧民却是哈萨克人。这地方青峰插天，溪涧淙淙，地上仿若铺了一层柔和的绿色羊皮。

然而，它却是个为观光客设计的地方，节目假假的，"姑娘追"一点也不好看，姑娘挥鞭打人的动作完全有名无实。我受不了，为了礼貌，只好坐在原地抬头看白云，多像欧洲啊！这奇异的蓝天。蓝天从来不假，不把自己当一条观光项目。

我们住进一间蒙古包，那包竟是水泥制的，里面有床，——这些，也是假假的。

我们去央一个妇人为我们煮些奶茶，还好，那奶茶，却有几分真意。

夜深，群星如沸，闹腾不止，那星，扎扎实实，是真的。

天亮了，我们去骑马，马是驯马，路也是柏油路，但山风是真的，阳光、树影、野水，都一一是真的。行至瀑布，返辔而回，春风得意马蹄疾，人生快意之事也只能如此而已吧？

跨下马来就准备要走了，路旁却瑟缩着一个小女孩正在跟我们同队的君儿聊天。大约八九岁吧！看得出来将来会是个美人。原来她是汉人，家住乌鲁木齐。在新疆，除了乌鲁木齐市市区，汉人都算"少数民族"。她现在正放着暑假，父亲来牧场做木工，她便跟来了。父亲一早上工去，便锁上屋子（奇怪，我想不出他有什么怕偷的东西），而小女孩不会说哈萨克话，不能跟当地小孩玩在一起，只好呆呆坐在树下。

"你喜欢骑马吗？"我加入谈话，陪她坐在树下。

"喜欢，可是我爸爸不让我骑！"

"啊！他怕你摔。"我说。

"不是的，他说十块钱太贵了。"

"去骑，去骑，我请客，你去玩嘛！"

"不要，"她十分懂事，"这十块钱，照我看，还不如买碗饭吃好呢！"

我一下惭愧万分，竟不敢再说什么，这么小的孩子，竟这么乖巧，简直叫人心疼。

阳光升得更高，美丽的观光牧场仍然美得近乎做作，唯这女孩是如此真实，那样安静自约的垂睫，那样认分知足的黑眸——我不知为什么想起汉墓中的妇人俑，那俑一般叫"长袍女俑"，高五十八公分，长安出土，她什么动作也没有，只是站着，只是收敛着，只是无求。她那样卑微，但因为不想祈求什么，所以也自有她的尊严。奇怪，这小小的女孩为什么有两千年前那妇人一般的详柔无怨？

而令我自己讶异的是我在那汉代妇人俑身上所没有能完全看懂的表情，如今借一个小女孩的脸全懂了。

"你们可以叫我娟儿。"她说。

我想她一定喜欢上美丽活蹦的君儿了，她的名字里刚好也有个"娟"字，她就自动的换一下，叫起自己"娟儿"来了。听起来，像君儿的妹妹。

分手的时候，居然彼此眼里都雾着一片泪光。

——原载 1995 年 9 月 4 日台湾《人间副刊》

做虾当做大龙虾

这件事我也说不准究竟是不是我发明的——我喜欢做伟大的人。

正如"做虾当做大龙虾"一样简单明了,我相信做人也该做伟大的人。在这三十七亿人口的世界上除了我之外,全世界那三十六亿九千九百九十九万九千九百九十九人怎么说我可不知道,但我确确实实知道,我自己绝对喜欢做个伟大的人。

做伟大的人有许多好处,不知道你有没有听过一则"我氏定理",定理中是这样说的:"凡是伟大的人所做的事都伟大,而凡是做了那些伟大事迹的人又当然都是伟大的人。"所谓伟人伟迹,就是这样循环出来的。

做个小人物只能出"丑事",但做个伟大的人物却能出"轶闻"。

做个小人物只会出"秽行",但做个伟大的人物却能完成"风流韵事"。

小人物顶多只能做到"贫而无谄"或"贫而乐",但大人物却能"富而无骄""富而好礼"——这一招简直足以当选好人好事。

其实,老实说,所有伟大的人所会做的事我都会,诸如"平易近人""不拘小节"我从小就都会,但连我自己也弄不清楚是怎么回事,我竟然到今天还没有做成一个"伟大的人"。

譬如说,早晨起来,叫我自己煎个荷包蛋,那真是何足道哉!别说一个,就是十个,也不算一回事呀!但可恨的却是报上大登特登的煎蛋照片竟是艾森豪的。我为此非常生气。

要说抱孩子,似乎我三岁就会,此外各种姿势包括扛孩子、背孩子、挟孩子、担孩子、驮孩子我都擅长。不料报上却只提英国伊丽莎白女王在某某乡下抱了某个农夫的儿子。我写信给报馆,告诉他们如果喜欢这种照片我有的是,他们却始终不理我。

看到送葬的队伍,我哭得比谁都响——特别在我想起死者再也不会爬起来还他欠我的钱的时候。但不幸我连这小小的风头也出不成。报上只有一次提起梅尔夫人,跟在一个出殡队伍后头哭,记者们个个为之惊倒,似乎女人做了总理而泪腺尚未结扎,是一件不可思议的事。我打电话跟他们联络,我愿用录音带为证,告诉他们我也会在人家的丧礼上哭,他们居然毫无兴趣。

如果我的脚踏车不曾被窃,我至今一定还骑着我那辆跑车满街转,但是电视上却只见荷兰总理骑车以节省能源的镜头——我那些年骑车算是白骑了。

说到伉俪情深,不瞒你说,我也勉强可以享此殊荣。但我费尽心机在三家电视台门口终日徘徊,他们最后还是拍了凌波和金汉的亲热镜头,把我和我那口子气得发昏。

还有,我那"首如飞蓬"的发式早已行之有年,但他们故意装瞎,居然介绍起爱因斯坦的乱头发来,这真是舍近求远,令我不胜嫉妒。

　　于是，我渐渐也悟出一番真理来了，做人必须先做伟大的人，则大小事件无不相宜。你要是至今只混到一个"纯妈妈"的职位，包管你生十个孩子也没人理你。但如果你是杰奎琳，那一场生产就有声有色了。全美国人，包括当年的肯尼迪，都觉得有几分歉意——这么杰出的女人还肯生孩子，真令人感动啊！

　　只要你能争取到伟大的资格，就什么都好说话了。试看戴阳虽然少了一只眼，但不知镜头怎么一照，就衬得他一张脸非常性格，不但不觉得他少一只眼，反嫌着天下男人都多了一只眼。所以说，伟大的人就是伟大的人，做人当做伟大的人，你信不信？

　　这种宏论，也可以推而广之，适用于学术和文艺的问题——总之，这是一条放之四海而皆准的定理。

　　譬如说，余光中先生在厦门街写诗，周梦蝶在武昌街的小凳子上面壁写诗，写得灰头土脸的，还不时挨骂，稿费大不了比邮费（亦即稿纸的单程车马费）多几文，真不知有什么意思。要是我，决不做诗人，我宁可做拳王阿里，赚它几千几百万美金，然后顺便在台上"哼"两句诗，立刻传闻遐迩，连牛津大学都赶着请去开"诗讲座"。

　　凡事总是"外行"吃香。杰奎琳如果是职业的"脱女郎"谁还高兴一会儿钻到水底下，一会儿又飞到天顶上的去抢拍她的裸体照呢？唐明皇如果真是个戏子，谁又真的想听他唱戏！真能扛得动锄头的，谁还请他行破土典礼？真会用剪刀的，谁稀罕让你剪彩！

　　听说曾有一位夏济安先生，搞一本文学杂志，累得苦哈哈身后还不免被人鞭尸一番，这皆因他不懂做人应先做"伟大的人"，所以有此遭遇。而那位"修理"他的人便深得此味，人家挟数学博士的威风而来，以"客座"之身犯主座，自是奈何他不得，此人又开口国风，闭口小雅，伟大之处，好不吓煞人也。只见一根九节棍打得人仰马翻，节节生风，然后一拂袖美国去也——他时而嫌这个不中国，那个不现代，他甚至嫌人家的戏词中没有粗话——当然，这一切在美国都有。

所以说，总而言之，做虾当做大龙虾，做虫当做母大虫——做人呢，则当做伟大的人。

为什么华语教师要遭砍头？

华语教师这一行始自何年何月？我因读书不够多，所以回答不上来。猜想一下唐朝一定不少。更早的时候，如三国、如汉，也都有些和尚跑来中土，他们不可能天纵英明，自己就会了华语。所以，那时代一定是有华语教师的。

但华语教师犯了什么罪？竟要遭砍头？当今之世，华语正火红，从事这一行的人在中国大陆有十万以上，在台湾，也有两三万，而且此行此业正蒸蒸日上，两岸都在努力生产华语教师这种品牌的产品，因为市场需求大。对了，就连投资大师罗杰斯（这家伙在三十七岁的时候，就因太富有而急流勇退了）也为他一岁多的女儿高薪请了位华语教师兼保姆，以免将来输给人。如果砍这些华语教师的头，岂不要血流成河？

好啦，放心，华语教师虽然必遭砍头是事实，但已是二百年前的事实了，那时代是满清帝国。清帝国干吗跟华语教师有仇，必欲砍之而后快？其实当时不但助洋人习中文有罪，更奇怪的是连帮他们买中文书籍也是不可以的。

十九世纪初英国马礼逊在给其友人的信中说：

"这些精明有见识的中国人（按指清吏）真是荒谬而不可理

喻……他们竟以外人学习其语文或购藏其书籍为大罪……我的大罪就是要学习华文华语。"

马礼逊逝世前两年（一八三二年），美国的卫三畏博士（Samuel Wells Williams，此人后来曾任美国公使馆秘书）描述他学习中文的曲折故事，颇令人发噱。他说自己找到一个学问不错的中文教师，教师愿意赚钟点费，却怕杀头。于是他上课总带着道具，而道具不是指教材，是指制鞋工具。为什么要携带制鞋工具呢？因为他把自己假扮为制鞋匠，鞋匠当时是"中西交通"中的重要行业，因为老外（粤人称之为番鬼佬、番鬼婆）除非带一大堆鞋来华，否则必须找人订购新鞋。当时会做"番鞋"的人真是凤毛麟角，盖因那时代华人只穿布鞋。这位华语教师在行事诡秘之余还自备工具，以防有人撞进来的时候可以辩说："没有，没有，我们不是在教中文，我是在向他讨教如何做番鞋！"

满清帝国锁着门只想做皇帝，根本不想理会蛮夷之邦，他们不准洋人买书，也不准他们学话，理由只有一个，"我们是上国，他们是什么玩意！让他们也拥有我们的文化？呸！门都没有！他们有事，也不配直接来找我们讲，找翻译的人就行了。翻译的人翻得不忠不实，那也活该啰！"

无知、颟顸和小气常是一体三面，但我仍然差不多原谅了那个时代的昏君和昏臣。虽然他们所说的"这是好东西——你们番鬼休想碰"，不及广告词中说的"好东西要跟好朋友分享"，但他的前半句至少是对的。其实从汉族角度看，连满人也是"非我族类"，但他们居然懂得捍卫传统文化，虽然方法用错了。

当今之世，一心疼惜旧文化的人有几个？真令人有点怀念二百年前的那些昏君昏臣了。

——原载 2008 年 11 月 10 日台湾《人间副刊》

肉体有千万种受难的形态

我因事去找一位医生,那天我自己并不看病,便坐在诊疗室里等他看完最后几个病人。

进来一个六十岁左右的妇人。

"哪里不舒服?"医生不怒自威。

妇人蹙着眉,诉起苦来:

"早上起来,这膀子呀,说不出的不舒服——"

医生捏捏她的肩臂。

"痛不痛?"

"不痛。"

"酸不酸?"

"不酸。"

"又不痛,又不酸——那你来看什么?"

"我——"妇人一时语塞。

我听得发急,这医生并不是坏人,但他的词汇怎么就这么贫乏呢?难道人的身体不会发生酸痛以外的不舒服吗?

我忍不住插嘴:

"是不是,僵——?"

妇人高兴起来:"啊!对,就是'僵'!早上起来,整个膀子都'僵'!"

医生低头去画了些字,大概在开药吧?我不好意思再多说什么,我当时心中其实很想多叮咛他几句,我想说:

"医生啊!你知道你在干什么吗?你在'医'人啊!

"而'人'又是个多么复杂精致的生物,这种生物不是每一个都能把自己整顿出条理来的,不是每一个都能把自己分析得头头是道的。他们是迷乱的,颠倒的,词不达意的,他们并不确实知道自己在干些什么,他们到医院来,他们是前来求救的,然而他们说不清楚——生命里巨大的事物谁又说得清楚?

"在这一桩桩病情申诉里面,充满肉体无辜的冤情,医生有时也是法官吧?某妻子的肺癌是一部她丈夫的抽烟史,某老父的十二指肠溃疡是缘于独子的一场车祸。他们来看病,其实也是来看他们生命里的悲情,诊疗室有如神父据守的神龛,可以听尽天下苍生的谶词和申诉。

"因此,医生啊,能否让自己的语言再精致一点,再丰富一点,再准确一点,再推敲仔细一点——要知道,你和病人共同形容的,是一个活生生的生命啊!"

在既不酸又不痛之外,医生啊!肉体还有千万种受难的形态都等待申诉呢!

路边的餐盘

我有事经过青岛东路,行色匆匆中看到路旁树脚下有一份餐盘,隐约看到有饭,有青菜,还有一碗汤和一块大大的豆腐干。

这人为什么要蹲在路边吃饭呢?他究竟吃完了没有?他把餐盘就这样潦草地放着,也不怕风沙猫狗吗?

我一边想着,一边也就走远了。

两天以后,我又经过同一地点,不料那盘饭还在。我仔细看了看,原来那饭并没有人吃过。我才忽然想起来,这不是给活人吃的,这是祭拜死者的饭。这街上有一间学校,前两天有个女学生跳楼自杀,这饭显然就是祭她的了。

那女孩和我素昧平生,但她的脸我可以揣想,她的脸属于一个共同的名字,那名字叫:青春。

生命里有什么比青春更大注的资本?拥有这笔资本的人应该是没有权利宣布破产的。青春的数值太大,大到无论贬损了什么都不算折本——然而青春又是如此决绝轻脆,一触即成齑粉。一时想不开的生命疑难,一句偶然的气话,一番口角,一点不谅解,都可以形成执意不肯回头的告别。

我站在路边呆看那一盘饭，从这盘供饭看来，那女孩和家庭之间总算还有些恩情牵连吧？然而，幽明异途，而今而后，这家人和这女孩之间也就只剩这一碗凉饭的缘分了！

而原来，原来是可以多么疼疼热热的一家人啊！原来是可以上有慈下有孝，兄弟姊妹之间友爱的一家人！世上有什么大不了的事令女孩绝裾而去？世上又有什么大不了的事全家人眼睁睁看她往死路上走而不企图挽回？为什么？为什么闹到恩断义绝，只剩路边一盘饭，一盘饭又能说明什么？

自杀也是一种谋杀，其间也须图谋，为什么在诡计进行期间老师同学竟无一人留意到？我们的人际关系未免冷淡得荒谬了吧？我不是责备谁，事实上，如果我的同事去自杀，我恐怕也浑然不察，只剩事后讶叹而已。

看着那盘食物，每一粒饭都干缩发黄了，菜上也蒙了一层灰尘，那位个性刚决的女孩会回头来吃这一盘饭吗？抑或，她不食而去，永抱着她的悲伤愤怒和饥饿？

你真好，你就像我少年伊辰

她坐在淡金色的阳光里，面前堆着的则是一垛浓金色的柑仔。是那种我最喜欢的圆紧饱甜的"草山桶柑"。而卖柑者向例好像都是些老妇人，老妇人又一向都有张风干橘子似的脸。这样一来，真让人觉得她和柑仔有点什么血缘关系似的，其实卖番薯的老人往往有点像番薯，卖花的小女孩不免有点像花蕾。

那是一条僻静的山径，我停车，蹲在路边，跟她买了十斤柑仔。

找完了钱，看我把柑子放好，她朝我甜蜜温婉地笑了起来——连她的笑也有蜜柑的味道——她说："啊，你这查某（闽南语，意为"女人"）真好，我知，我看就知——"

我微笑，没说话，生意人对顾客总有好话说，可是她仍抓住话题不放……

"你真好——你就像我少年伊辰一样——"

我一面赶紧谦称"没有啦"，一面心里暗暗好笑起来——奇怪啊，她和我，到底有什么是一样的呢？我在大学的讲堂上教书，我出席国际学术会议，我驾着标致的二〇五在山径御风独行。在台湾，在香港，在北京，我经过海关关口，关员总会抬起头来说："啊，你就是张晓风。"而她只是一个老妇人，坐在路边，贩卖她今晨刚摘下来的柑仔。她却说，她和我是一样的，她说得那样安详笃定，令我不得不相信。

转过一个峰口，我把车停下来，望着层层山峦，慢慢反刍她的话，那袋柑仔个个沉实柔腻，我取了一个掂了掂。柑仔这种东西，连摸在手里都有极好的感觉，仿佛它是一枚小型的液态的太阳，可食、可触、可观、可嗅。

不，我想，那老妇人，她不是说我们一样，她是说，我很好，好到像她生命中最光华的那段时间一样好。不管我们的社会地位有多大落差，在我们共同对着一堆金色柑仔的时候，她看出来了，她轻易就看出来了，我们的生命基本上是相同的。我们是不同的歌手，却重复着生命本身相同的好旋律。

少年时的她是怎样的？想来也是个一身精力，上得山下得海的女子吧？她背后山坡上的那片柑仔园，是她一寸寸拓出来的吧？那些柑仔树，年年把柑仔像喷泉一样从地心挥洒出来的，也是她当日一棵棵栽下去的吧？满屋子活蹦乱跳的小孩，无疑也是她一手乳养大的？她想必有着满满实实的一生。而此刻，在冬日山径的阳光下，她望见盛年的我向她走来购买一袋柑仔，她却想卖给我她长长的一生，她和一整座山的龃龉和谅解，她的伤痕和她的结痂。但她没有说，她只是温和地笑。她只是相信，山径上恒有女子走过——跟她少年时一样好的女子，那女子也会走出沉沉实实的一生。

我把柑仔掰开，把金船似的小瓣食了下去。柑仔甜而饱汁，我仿佛把老妇的赞许一同咽下。我从山径的童话中走过，我从烟岚的奇遇中走过，我知道自己是个好女人——好到让一个老妇想起她的少年，好到让人想起汗水，想起困厄，想起歌，想起收获，想起喧闹而安静的一生。

巷子里的老妈妈

巷子里有个妇人，一手推着一篮菜，一手提着个大袋子，正在东张西望。看到我，她讷讷地开了口：

"请问，你，是住在这条巷子里的人吗？"

"是的。"

"我是刚搬来的，我听人说这巷子里有个箱子可以丢旧衣服，你知道在哪里吗？"

"哦，本来是有一个，但最近不知什么时候给拆走了，听说是违章……"

"哎呀，"她叹了口长气，"真是糟糕，我的小孙子长得快，这一大包都是他们穿不下的衣服，可是叫我当垃圾丢，我是丢不下手的呀！我们这种年纪的人是丢不来衣服的，都还是新新的嘛！可是要搬回去，我家又住四楼，我又买了一篮子菜……"

"这样吧，你把衣服放在我车上，我这两天要去内湖，内湖有个收衣站。我来替你丢。"

"啊！这就好了，"她的表情如获大赦，"太好了，没想到遇见贵人了。我的问题可以解决了。"

在她口中我变成了"贵人",不过顺便帮她丢丢旧衣服,居然也可以做人家的"贵人"。但是转而一想,她说的也许很对,世上高官厚禄的贵显之人虽然很多,但刚好肯替她去丢衣服的人也许真的只有我一个。

那妇人大约是六十出头的年纪,穿件朴素的灰色衣裳。面容白皙洁净,语音柔和迟缓。看得出来家道不错,平生也不像吃过大苦,但她却显然属于深懂"惜物"之情的一代。

我想起我家女儿来了:

她每次和同学郊游回来,总带着烤肉用剩的酱油、沙拉油、面包……啰啰嗦嗦一大堆。我问她为什么要拿这些东西,她嗔道:

"都是你害的啦!从小叫我们不要丢东西,而我们同学都说丢掉丢掉。我如果不拿,他们就真的去丢掉。我不得已,只好拿回来,不然,难道眼睁睁看他们丢?"

我想,我实在是害她活得比别人辛苦些,但我们反正已属于"不丢族",就认命吧!偶然碰到其他的"不丢族",我总尽力表达敬意。像今天能碰到这位老妇人,或者说今天能被这老妇人碰到,真是很幸运的事,值得好好为她提供额外服务。

我甚至想,台湾之所以还没有坏到极致,全是像老妇人这种人物在撑着,她们不开车,不喝可乐或铝箔包装的果汁,她们绝不会把衣服只穿一季就丢掉,搞不好她们身上的那一件已经穿了十年,而她却从来不觉得有汰旧的必要。

是她,坚持不倒剩菜。是她,把旧汗衫改成抹布。是她,把茶叶渣变成肥料。是她,把长孙的衣服改一改又给了次孙。

这些老妈妈真的是社会之宝,虽然从来没有人给她们颁过一个奖。但我们真的不能少掉她们,她们是我们福泽的种子,我们大部分的官员如果撤换也不算什么,但这批老妈妈是不能撤换的,她们是乱象中的安定,是浮华中的朴实,是飞驰中的回顾,是夸饰中的真诚,我向老妈妈致敬。

未 绝

—— 一位作者的成长

（代后记）

  桃正红，柳正绿，风正若有若无地穿梭其间。

  一只小小的乌篷船不着痕地沿水而下，小男孩坐在船里，乌黑沉静的大眼齐窗望去，望见窄窄两岸间的红桃绿柳俯身而下，心里有说不出的温柔的惊动！那一年他四岁。

  小男孩的身世说来也是一奇，他祖籍辽宁，生在四川，此刻却只身被藏在苏州城郊的一座尼姑庵里。他的父亲是国际知名的地质学家，母亲是当年的少数女留学生之一，擅打网球，两人当时都留学日本，不意中日宣战，政府只能营救少数人才回国，父亲在名单上，而母亲不在，情急之下，她只好寄名夫妻以求回国。及至船到国内，男方家长多年来早就为独子疯狂做学问而不肯结婚一事愤恚，但人在国外，也奈何他不得，此刻由于战争，回到家人鞭长可及的地方，证件上又分明是"已婚"，怎容分说，立刻强迫两人成亲，这场弄假成真的婚姻来得很勉强。

  以后几年里，两个孩子陆续出生，做母亲的倒也认了。父亲一心所想的仍是他的学术世界，一个人打着绑腿满山跑。洪荒宇宙，天玄地黄，混沌初开之日这世界究竟是何等世界？他的"地壳滑动说"至今仍被看作一项充满想象力的对大地的解释——可是，这霸气而自信的男人，他不要家庭，他只要地质世界。

一场姻缘到小男孩四岁那年终于切断，姐弟俩按着一般习惯归父亲，但父亲岂是养小孩的人，他终于被寄养父执家中。聪明白净的他倒也得宠，对于自己身世的悲凉所知不多，生活里却有许多可以惊奇的东西。例如，一朵红花也能使他痴想忘情，一天就那样过去了。

而母亲却找人去把他"偷"了出来，沿长江，搭江轮，藏到苏州城去。人世间的悲苦，以及身为"没娘孩子"的种种凄凉，他此刻一概不知，知道的只是苏州城里一片好风景，其实连一片好风景他也说不上来，只知道一切都"好"。

当年苏州乌篷船里的那一场，恐怕是这半生际遇的一番幻影吧，有大悲恸，有大凄伤，却又无碍于他一片澄明的心，去领略天地间的好风好景。

终于被父亲找到，一同到了台湾，站在小学的办公室里，老师摸着他的头问了一句简单的"你叫什么名字？"便已使他惶急欲哭，如面临生死存亡之大关。只因为他有两个名字，一个是随父姓的名字，一个是随母姓的名字，一个六岁的小孩要在一霎时决定自己的去从，那一分钟的苦难竟如此漫长苦烈，永世难忘。

母亲也跟来台湾，想做最后的尝试，她舍不下这一儿一女，但终于没有成功。她回到中国大陆，留下的两件手制的绒布睡衣，给女儿的那一件内层用毛笔写"妹妹"，儿子的这一件写"弟弟"。许多年来，那是想念母亲的一线凭藉。

学期终了，他得到第十二名，他看着看着，不服气，拿起橡皮就擦，擦掉了一字，剩下二字，回家居然被父亲嘉许了一番。他这半辈子在学校里就没有得过好名次，初中没毕业，高中没毕业，艺专的毕业证书也不知塞到哪里去了，唯一凭借的大概就是当年那种"不服气"的心情，学校可以给他十二名，他却认定自己是第二名。

被寄养在姑妈家里，日子非常不好过。那是一个台北常有的落雨的冬夜，他十岁，姐姐和家人都睡了，他起身整理了一个小包。小包小得可怜，里面除了几件衣服以外主要是一卷白纸，他准备离家出走了，白纸是他想象中的谋生工具，他觉得自己可以卖画生活。走到门口，大狼狗迎上来，他抱着狗哭了一场，掩门去了。小小瘦瘦的身子，被街灯拉得异常孤苦无依，他艰难地走到巷口，终于折回家，钻回被窝睡觉。

出走没成功，倒是写出了一篇《大倒霉》的文章，老师当堂宣读，以后他又配上插画，弄上壁报，算是渐渐知道往哪里藏躲可以减缓挫折感。

天天挨打，理由是几代单传的男孩，不能不管，从学校借来的《水浒传》正读得兴起，早上起来却见它在地上，撕得粉碎。要命的是来不及伤心，因为首先要应付的是学术股长死催活催要他还书，而他一文不名。那种痛苦，真令人想死。

可是，读书仍然给他最大的乐趣和拯救。

读到《冯谖市义》，读到《缇萦救父》，读到《吴凤画传》《汪踦殉国》，居然气血翻涌。而读鲁滨逊，他真的到院子里用树枝树叶搭营，想要试试野外求生。他自己找放大镜就着日光看它能否烧起纸来，他自己制标本，他在《爱迪生传》里看到这位科学家的手相，自己左对右对，竟自以为很相似……

对付姑妈，他也想到了一个好办法，他凭想象把姑妈缩小，一时之间他仿佛看到她一寸寸消下去，矮下去，一直小到巴掌大，站在窗台上——不过，事情也真怪，他望着想象中站在窗台上的小姑妈,居然心里仍在害怕。

痛恨数学,因为想不通为什么需要把鸡跟兔子关在一起?以及为什么一个人要到某地,忘记某物,折回走,取了物又前行等等无聊的设计,他拒绝去搞这种"没道理的东西"。

日子也有好的一面,例如黄昏以后。当时的台北是很沉寂的,他熄灯燃烛,把大人的风衣呢帽弄来,扮演福尔摩斯及赌国仇城给表弟、表妹、邻居小孩看,那种感觉很过瘾。

隔壁人家常找孙玉鑫来说书,他坐在墙头听,听得如醉如痴,立志长大要做"说书人"。并且立刻就拿那批"基本特约观众"做实验,自己胡编的故事,居然也能把表弟、表妹弄哭。他忽然悟出一番跟希腊悲剧家所见略同的观念,亦即"把不该死的弄死,该死的且不让他死"。

因为成绩不好,留了级,从附中转建中,建中逃学更方便,对面是中央图书馆,不愁没去处。读到孙中山的"三民主义"讲词,大为倾倒,一时又正正经经地想当起政治家来,对于"说书人"一职,一时也管不了如何身兼两项大业。

仍然功课不好,但没空去伤这份脑筋,因为太忙。所谓忙是忙于画画,忙于写小说,忙着看自己找来的书,例如胡适的《中国哲学史》,朱光潜的《文艺心理学》,真是目不暇给,至于功课好不好,也就不管它了。父亲是个一板一眼的人,居然写信告诉学校不必姑息这样的学生,勒令退学算了,但他略施小计,跑到邮局,把那封信骗了出来。然后是我行我素地继续自己读书,一个人到山里去念古文,找和尚胡乱论道,偷偷参加电台的小说选播,充当个小角色,唯一的好处是因而熟读了《红楼梦》。

走过中华路,一家小馆里悬着幅于右任的字,他停下来读:

与世乐其乐，为人平不平。

看了半晌，心中洞然，他对自己说，为人一世，就拿这句话做终身志业吧！那一年他是十七岁的纤弱少年。

父亲有一天忽然说：

"你，搬出去！"

他把那句话记在心里，当下安排起来，如何走，如何谋生，如何继续读书。不久以后，父亲到海外一趟，凑巧姑父也在那时去世，他帮忙料理了丧事，等父亲一回家，他当晚就走了。

"人不可以被侮辱，"他说，"虽然我走对父亲是个打击，但我还是走了。"

走到哪里去呢？和同学合租了一间两个榻榻米的阁楼，屋顶是斜的，高的地方勉强可以站身。因为没有钱交电费，电线给剪断了，只好点蜡烛过日子。当时的生计是卖煤炭、卖橘子、送报。其中干得最成功的是推销《学生周报》，曾有一天之间拉到八十二位订户的纪录，报社很惊动，竟想组织一批人交他"调教"。

他自己却淡然处之，只庆幸可以用这份刊物当枕头睡觉，当抹布擦桌椅，并且，天冷的时候，可以塞在被套里增加破棉絮的温度，麻烦的是翻身时总会弄出窸窸窣窣的声音。

当时他又立了一番小小的心愿，希望自己能从推销员变成记者就好了。

因为没有钱注册，他去找"东方夜校"的陆校长，准许他分期交学费。那年，胡适死了，他郑重地前去瞻仰遗容，想起初一逃学，在市立图书馆初读胡先生的《留学日记》，到后来读他的

《中国哲学史》,心中竟是以他为老师的,这番看了遗容,也大剌剌地跟着人群去送殡。

大专联考,数学因为做对了一题三角填充,得 0.6 分,四舍五入,算作一分,这一分很重要,否则其他分数不计。他进了艺专影剧科。其实这不但十分惊险,更惊险的是他本来根本就不打算再念书了,却因一位父亲的老友吴英荃教授的怜惜,把他从阁楼生涯里抓回来,安顿在台北学苑。这一个转机带来太多幸运,影剧是他从小喜欢的东西,大学里再不逼人了,日子又重新幸福起来。随邓老师接触"俗文学",连精神都振奋起来了。

依然穷,依然读书。

大学毕了业,他重新回去见父亲一面,住了几天依然走了,走到一个叫黎和里的地方。当年那地方鸟多人少,山屋里野鸟站在窗前叫,屋子的主人喜欢打着悠悠的调子说:"茫茫人海,随手行方便。"那句话后来一直留在他心里,变成了他自己的观念。

许多年的挫辱,使他渴望做一个强人以为补偿,可是自己身体一向又瘦弱,连打架都不肯一试的小男孩,何从逞强?(既然打不赢,当然就不打。)打人的事生平只干过一次,居然是打老师,设计好了要用橡皮筋大弹老师,却因老师走避而罢,事情的结果是留校察看,就连这生平唯一一次动手,也未得逞。读书至艺专二年级,忽一日觉得不妥,于是专程回建中去正式道歉——并不是因为发现老师是对的,只是发现自己想打人是错的。

不喜欢动手的人,凭什么逞英雄呢?他想到了"动口",至于"动笔",好像反而是附带的事。曾有一段时间,他很以"伶牙俐齿"为荣,在文教圈里,有老一辈的四大名嘴和小一辈的四小名嘴,他是四小名嘴之一。

当年想做"说书人",后来终于没成功,但半生以来吃的竟真的是"开口饭",或作播音员或教书。或教洋人中国文化,他的"事业"全和嘴有关。可是,渐渐的,他开始有更深一层的领悟,与其伶牙俐齿,不如自嘲吧!人世如此无奈,何不调侃自己一番就算了?

很有"女孩子缘",从十三岁就帮同学写情书,及至到艺专又为影剧、音乐、美术等科女孩代写作文。一向关心稿费的他对这份差事倒是不求报酬的。但交女朋友则不太顺利,一直到遇见陶晓清——那个能干洒脱而又肯温柔踏实的女孩。

当然,那其中或许也另有远因,她是苏州人,那乌篷船的记忆恍惚回来了,多么柔和的春水……及至两人结了婚,生了孩子,他偶然听妻子哼苏州小调哄小孩入睡,眼睛就不禁湿了。

和晓清在一起,一向做事拖泥带水的他忽然有了快节奏的决定,竟打算在最短期间结婚。两人一起去听音乐会,他事先注意到她那几天感冒,有些咳嗽,便藏了一盒喉片在口袋里。及至音乐进行一半,果然天从人愿,晓清咳了起来,他不动声色,把喉片塞过去,据说此事跟求婚奏捷很有关系。

对陶晓清来说,这个人真令人不胜惊奇。她自己从小没淋过一次雨,天稍阴了,家里就送雨衣和雨鞋来,这个人却干脆在雨天的急雨里走,因为不喜欢学别人那样缩在檐下,因为一旦淋透了以后,也就不再怕雨了。她从小没挨一次打,他却在"不打不成器"的口号下被姑爹姑妈一人按着,一人执刑。她从来没挨过一顿饭,他却为了逃避毒打每每流连街头,三四天不回家也不吃一顿饭。她听他絮絮叨叨地说个不停,怜惜而讶异。

她的父亲惊觉起来,这年轻人是谁?初识两个月,女儿竟要嫁给他,那人不像坏人,却也不像规规矩矩剪裁合度的树,他跑到警察局要求查查此人有没有前科。

前科倒没有,被查的人不免吓出一身冷汗。但单纯可爱的准岳父,却很高兴,这人既不是坏人,大概就是好人了,把女儿嫁给他吧!

当真没有前科吗?

从小到大,如果要照命运来说,他不断地遇到"贵人",或者,说得更平实一点,遇见"好人"。少年穷途潦倒,沦落街头之余,跟"前科"的距离岂不只在薄纸之间?为什么总有好心的同学,同学的父亲,或者朋友,巧至朋友的亲戚,绕着弯子来帮他的忙?或一饭之恩,或一屋之庇,都及时拉了他一把。

除了人,整个社会都在拉着他。

第一个拉着他的是书。父子虽然缘薄,但知识世界的真诚无伪却是他自幼熟知的。知识是权力,知识是尊严,知识有其永恒不移的确凿性,而身为读书人,自有其放眼天下的规模气度,这一点,对他而言,无论如何颠沛失所,却是死不能忘的真理。

第二个拉着他的是全社会的人所共同经营出来的一种氛围。例如小时候曾坐火车转汽车再加走路,到一个住在穷乡僻壤的同学家去玩,没想到同学家极穷,泥草和的墙,胡乱拼凑的家具,一切简陋至极。奇怪的是看到远方小客人来了,竟也揖让有度,菜虽简而不怠,礼虽少而不慢,笑谈之间绝无寒俭气,他暗自吃惊,原来文化就是一种使人可以穷得如此彻底而不失其尊严的东西。又例如当兵在蚵仔寮,见渔人生涯的朴拙勤苦,其中有一份无言的大定力,令人惶愧不敢不自振。甚至像左营路边一个卖鸭肉面的宵夜摊子,竟也题上"爱晚亭"那么美丽的名字,使人感到虽身为市井之人，亦有其无所不在的诗情。或如静夜里墙头危坐，闲听隔壁人家在院子里说书，五千年讲不完的忠孝节义……

所谓没有前科，岂真是自己有什么过人之处，是整个民族文化的大磁场吸住了吧？

要结婚了，竟自庄严正经起来，前去见老父！两个倔强的灵魂暌隔多年，此刻作儿子的为了不让岳父生疑，前去请父亲主婚，心甘情愿地委曲求全。意外的是那终生与石头为伍的老人竟因婚讯而大喜，他兴冲冲地跑去借薪水，为儿子媳妇买家具，又送了一只雷达表给媳妇做见面礼，外加一台照相机。

十二月，轻寒的梨山，早起的新郎摘了满满一大抱红叶，新娘醒来，一枕火灼灼的忘不掉的颜色，多年以后他们还把红叶的拓片当圣诞卡寄给朋友。

然后，是努力做一个播音员，一度也主持"早晨的公园"，不是当年的说书人，然而，也算另一番说书吧？

母校艺专请他去教书，教了几年，竟做起广电科主任来。

当年读不惯教科书而又不擅打架的小男孩现在教起"语意学"和"口头传播"来。当年的贫穷、赤裸和剥夺铸成了自卑，而自卑又复升华成对自我尊严的要求，于是，他钻研跟"讲道理"有关的学问，并且把跟"道理"有关的种种讲得鞭辟入里，使学生颠倒倾服。他穿干净的长衫，或西装。利落的表情，精纯的声音，不说一句废话，曾经失去的尊严，他要一点点认真地重建起来，他做到了。

写作对他而言几乎是一种把说话加以记录的"话本"，他可以算是一个对语言着迷的人。和说话的条畅自如不同，他的写作是认真而出手迟缓的，其辛辣冷峻处，不让林语堂，例如论演

讲,有如下的片段:

> 忘记是谁的一篇文章里提到,演说是二十世纪人类一大发明,这话我不同意。演说可以是人类的一大发明,却不一定要到二十世纪才有。把一大群人唤到跟前听自己演说,是多么过瘾的事!人类不会笨到等了几千年甚至几万年,才会发现这种价廉物美的享受。

又写生活中贸然撞入的一只野猫,在种种冲突矛盾,穷追死赶之余。终于心慈手软下不了狠的曲折:

> 一只野跛猫,跟另一只猫风流之后,毫不犹豫地负起了事后一切沉重的责任。它没有咬牙切齿地露出悲壮,也不哀鸣,只是极其平静地接受了自然的律则,它也真有它的!
> "只有两只吗?"
> "没见它再叼来。"
> 我用脚趾头拨弄着空空的铝盘子:"买点猫食吧,先喂几天。"声音软弱得不像是我的。
> "已经买了。"太太轻描淡写地回答,宁静得如一尊菩萨。

当然,行年渐长,哲学意味是免不了的,在一篇谈"瓶"的文章里,他说遍各种瓶子忽然笔锋一转:

> 有一次,我住在日月潭,清晨起身,沿潭散步,此时潭水与天色碧蓝如海,晨曦白天际浮云中隐隐透出,水面上一

阵阵薄雾疾逝而去，山树在昏漾中也是一片墨绿。这时我但觉自己置身天地的大瓶子里，通体也染上了湛蓝，除了悚然惊慑于如此的苍凉外，不觉也有几分悲哀，想到茫茫大千，实际上也不过是一个我们永远跳不出去的瓶子。

令人思之昧之，欣然神会中亦有其怅然。
他的散文为他带来了中山文艺的散文奖。

有一方父亲使用了三十年的方砚，他曾有意要来作为结婚礼物，但略一犹疑，想再过一个礼拜开口不迟，不意第二周砚台就消失了。原来父亲的一位故旧来访，见到是故乡水岩所制，一时乡心大动。父亲便慨然相赠了，他只能怅怅跌足。

三年前，父亲撒手而去。

和在大陆上的母亲联络上，她托人带了两锭古墨来，黑沉精巧，淡淡的玄色的芬芳。他想起多年前内侧写着"弟弟"的那件柔软的绒布睡衣，然而，又能如何呢？一别三十年，虽被朋友说成名嘴，一时也竟无言了。如果当年把父亲的方砚要来就好了，桌上如果能有父亲的砚和母亲的墨也算一场小小的补偿性的聚合，然而，毕竟那方砚也流入茫茫人海里去了。

终于懂得释然，懂得感谢，懂得珍惜，他为自己修了个年谱，自己加了段话：

> 与朋友交，每多任情任性，偕妻儿处，复得相让相忍。困厄快意相参半，有事无事尽平安，天固未绝我，亲友陌路尤未绝我，若有数则命好，无则天地人群好。料此生无以为

报,唯愿不弃绝于君子,得徜徉于大化。

走着走着,他仿佛又复是当年苏州城中乌篷船里看桃花的小男孩,人世间一片好风好水,沉静的大黑眼睛放心地望着一程一程的波光,一程一程的歌声和橹声,有土的地方便有路,有水的地方便有航,人生,还能再求什么呢?

后记:也许,读完了长长的故事你会忽然想起一件事——他,故事中的主角,叫什么名字?他叫马国光,笔名亮轩。当然,他还有其他笔名,甚至,他也有另外的"本名"(当年母亲给的),但这一切都不重要,重要的是那人结实而顶真地活了过来,在人世的霜寒和春风里。

图书在版编目（CIP）数据

重读一封前世的信:张晓风经典散文/张晓风著.—济南：山东文艺出版社,2018.7
ISBN 978-7-5329-5633-3

Ⅰ.①重… Ⅱ.①张… Ⅲ.①散文集—中国—当代 Ⅳ.①I267

中国版本图书馆 CIP 数据核字（2018）第 082035 号

重读一封前世的信
张晓风经典散文
张晓风 著

主管单位	山东出版传媒股份有限公司
出版发行	山东文艺出版社
社　　址	山东省济南市英雄山路 189 号
邮　　编	250002
网　　址	www.sdwypress.com

读者服务	0531-82098776（总编室）
	0531-82098775（市场营销部）
电子邮箱	sdwy@sdpress.com.cn

印　　刷	山东临沂新华印刷物流集团有限责任公司
开　　本	880 毫米×1230 毫米　1/32
印　　张	9
字　　数	202 千
版　　次	2018 年 7 月第 1 版
印　　次	2018 年 7 月第 1 次印刷
书　　号	ISBN 978-7-5329-5633-3
定　　价	35.00 元

版权专有，侵权必究。如有图书质量问题，请与出版社联系调换。